시골로 떠나는 소풍

다인미디어

가슴 떨리는 설레임

　지금 살고 있는 집은 신림동 제일 꼭대기에 있습니다.

　집으로 올라가는 언덕은 무척 가파릅니다. 차도에서 보면 언덕배기로 올라가는 길에 집들이 층계를 이루듯 서 있습니다. 언덕이 얼마나 가파른지 바로 밑에 있는 집과는 같은 4층 건물인데도 5미터 이상 높이 차이가 납니다. 옥상에 올라가 내려다보면 우리 집보다 높은 집이 하나도 없습니다. 얼마 떨어지지 않은 곳에 있는 20층 짜리 아파트도 우리 집 옥상보다 낮습니다. 이렇게 지대가 높다보니 아랫동네하고는 많은 것이 다릅니다.

　관악산 줄기에서 뻗어 나온 야산이 바로 집 뒤에 있습니다. 봄이면 진달래, 개나리도 피고 여름이면 울창한 숲이 시원함을 더해줍니다.

　시골에서나 들을 수 있는 '소쩍새' 울음소리도 들려옵니다. 청명하고 울창한 숲에서 뿜어져 나오는 맑은 공기가 골목길에 가득합니다. 여름이면 군락을 이룬 아카시아 나무들이 향긋한 꽃 냄새를 전해줍니다. 바람에 묻어오는 아카시아 향기 속에 고향의 애틋한 추억이 실려 있습니다.

창문을 열면 보이는 맑은 숲은 깨끗하고 울창한 시골 뒷산을 그대로 닮아 있습니다. 시리도록 푸른 뒷산을 바라보고 있노라면 서울이 아니라 시골에 온 듯 한 착각에 빠집니다. 이웃을 사랑하는 아름다운 정과 사람에 대한 믿음이 그 속에 있습니다. 애틋한 첫사랑의 추억, 가슴 부풀었던 꿈과 희망의 설레임이 그 속에 있습니다. 산골소년의 티없이 맑고 순수한 모습이 그 속에 있습니다. 한없는 어머님의 사랑이 있습니다. 이런 모습들이 그립습니다.

　　깨끗한 자연과 조건 없이 주는 아름다운 사랑, 신뢰와 믿음이 있는 세상, 사람들 간의 소소한 정이 넘쳐나던 그 시절이 못내 그리워집니다.

　　가슴 떨리는 설레임이 그리워집니다.

　　우리들 가슴속에 숨어 있는 그 시절의 아름다움을 되찾고 싶습니다.

2001년 5월
이동우

차 례

차 례

우리가 어릴 때는 천국이 우리 주변에 있다
Heaven lies about us in our infancy

워즈워드(영국 계관 시인)

시골로 떠나는 소풍

 동동이는 주말이면 가족과 함께 시골로 소풍을 떠납니다.

이것저것 짐을 꾸리는 제 엄마를 보며 큰딸 혜림이는 연신 질문을 해댑니다.

"아빠 어디가?"

"시골 할머니 집에 가는 거야"

"할머니 집에 가?"

"그래"

"야! 신난다"

시골에 간다는 것이 혜림이는 그렇게 신나고 즐거운 모양입니다.

"야! 신난다. 할머니 집에 간다"며 연신 떠들어 대고 이제 막 말귀를 알아듣기 시작한 제 동생에게도 "상윤아. 아빠하고 엄마하고 시골 가자"며 똑같은 소리를 몇 번이나 해댑니다.

누나 말을 알아들었는지 상윤이도 방안을 깡충깡충 뛰어다니며 즐거워합니다.

빨간색 프라이드가 영동고속도로를 빠져 나와 국도로 접어듭니다.

일주일만에 보는 들과 산인데도 지난주에 비해 나무며 풀이 훨씬 많이 자라 있습니다.

차창 밖으로 스치는 들판엔 농부들의 분주한 일손이 한창입니다.

창문을 열자 시골의 상쾌한 공기가 나무 냄새, 풀 냄새, 흙 냄새를 담뿍 담아옵니다.

시골집에 도착하자마자 혜림이가 차 문을 열고 뛰어 내리고 상윤이는 저도 빨리 내려 달라며 졸라댑니다.

대문 밖으로 달려오신 할머니 품에 번쩍 안긴 혜림이가 "할머니 안녕하세요"하며 바싹 달라붙습니다. 뒤따라 나오신 아버님도 상윤이를 번쩍 안아 올립니다.

마당가에 활짝 핀 라일락꽃을 보며 상윤이는 "하버지 꽃, 꽃"하며 나무 곁으로 가자고 할아버지를 졸라댑니다.

시골집 마루에는 어머니의 음식 준비로 한창 너부러져 있습니다.

"어머님 또 만두 하셨어요"

"그래" 어머니가 함박 웃음을 지으십니다.

아내는 힘든데 만두 같은 거 만들지 말라며 사랑스런 잔소리를 합니다.

어릴 때부터 만두를 무척이나 좋아했던 터라 어머니는 동동이가 시골에 온다고 하면 꼭 만두를 만드십니다.

혜림이와 상윤이는 마당에 심어져 있는 상추 잎을 만지기도 하고 이제 막 새순이 돋아나는 토마토 잎을 따 보기도 합니다. 뒤꼍에 심어져 있는 딸기에도 관심이 많고 각종 꽃이며 풀도 마냥 신기하기만 합니다.

한참을 그렇게 놀다가 "아빠 멍멍이 꺼내 줘" 하고 조릅니다.

집에서 키우는 검둥이가 얼마 전에 새끼를 낳았습니다. 이제 막 걸음마를 떼기 시작한 강아지가 귀엽고 신기한 모양입니다. 마당에 꺼내 논 강아지를 어루만지고 안아주며 한창 신이 났습니다.

다음날 아침 서둘러 아침을 먹고 고추를 심으로 갑니다.

지난주에 내려와 만들어 놓은 밭이랑에 알맞은 간격으로 구멍을 뚫고 고추를 심습니다. 처음 해보는 농사일이 힘이 들 텐 데도 아내는 "한 명이 더 거드는 게 어딘데…"하며 바삐 손을 움직입니다.

밭 가장 자리에 자리를 잡은 두 아이들은 흙을 만지며 장난이 한창입니다. 부드러운 밭 흙의 감촉이 좋은지 뒹굴 굴러 보기도 하고 손으로 한 움큼 잡아 휙 뿌려 보기도 합니다.

혜림이는 저도 도와주겠다며 고추 모를 나르다가 엎어지기도 하고 물을 주는 아빠 뒤를 졸졸 따라다니다가 때아닌 물세례를 받기도 합니다.

제 엄마를 쫓아다니던 상윤이가 밭이랑에 씌워 놓은 비닐을 찢어 놨는지 혼나는 소리가 들립니다.

야산을 넘어온 산들바람이 시원하게 불어오고 산새들의 노래가 즐겁게 들려 옵니다.

이제 이 밭에 옥수수도 심고 콩도 심을 겁니다. 텃밭에 참외도 심고 수박도 심을 겁니다.

여름 소풍엔 달게 익은 참외며 시원한 수박을 바람 솔솔 들어오는 마루에 앉아 먹을 겁니다.

밭에 심어놓은 옥수수를 한아름 따다가 서울에 있는 이웃들하고 나눠 먹을 생각입니다. 수박과 참외도 몇 개씩 나눠 줄 겁니다. 작년처럼 말이죠.

깨끗한 자연 속에서 마음껏 뛰어 노는 아이들의 모습과 밭에서 익어 가는 각종 과일이며 곡식들, 야산의 푸르름과 앞개울의 맑은 냇물소리, 시골 사람들의 순수하고 정겨운 모습들…

이런 모습들이 있어 어른이 되어서 시골로 떠나는 과거로의 소풍은 언제나 즐겁고 행복합니다.

산(山)라일

　　어머님은 한 달에 한, 두 번씩 산에 다녀오십니다.
산에서 나는 각종 버섯이며, 산나물, 약초를 캐 갖고
오시지요.

　　산에서 캐오신 약초나 버섯을 시장에 내다 팔아 돈으로 바
꿔오시곤 하십니다.

　　여자의 몸으로 그 험한 산을 오른다는 것은 무척 힘들고
위험한 일입니다.

　　그렇지만 어머니는 산이 푸르기 시작하고 온갖 약초며 나
물들이 자라날 때쯤이면 어김없이 산에 오르시곤 하셨지요.
간신히 입에 풀칠이나 하고 살던 그 시절, 어머님의 산행은
집안 살림에 큰 보탬이 되었습니다.

　　어머님은 그렇게 번 돈으로 동동이의 책가방도 사 주시

고 동동이가 그렇게 갖고 싶어하던 하얀 운동화도 사 주셨습니다.

동동이가 초등학교에 다닐 때만 하더라도 하얀 운동화는 언감생심 꿈도 꾸지 못했지요. 모든 아이들이 검정고무신을 신고 다닐 때였으니까요. 검정고무신만 줄줄이 들어서 있는 신발장에 동동이의 하얀 운동화가 한껏 모양을 뽐내고 있었지요.

동동이는 새하얀 운동화가 빨리 달아질까봐 집에서 교문까지는 운동화를 손에 든 채 맨발로 걸어 다녔답니다.

어머님의 산행이 당신에게는 무척 힘들고 고된 일이 되었지만 동동이는 어머님의 산행을 은근히 기다렸지요. 참으로 철없을 때의 일입니다.

어머님의 산행은 이른봄부터 시작해 초가을까지 계속됩니다.

어머님은 아침 일찍 도시락을 싸들고 집을 나섭니다. 그리고 나서 서산에 해가 지고 나서야 집으로 돌아오시지요.

산에 다녀오신 어머님의 보따리 안에는 온갖 진귀한 것들이 가득 들어 있습니다.

약재로 쓰이는 귀한 약초부터 시작해 온갖 산나물과 버섯 등이 가득 들어 있지요.

하지만 무엇보다도 동동이를 기쁘게 한 건 산나물 위에 가지런히 놓여 있는 각종 먹거리들이었습니다.

머루며 달래, 어름, 잣 등 산에서 나는 온갖 과일들이 철

따라 어머님의 보따리 안에 가지런히 놓여 있었지요. 깊은 산중에서 나는 산 과일은 얼마나 맛이 있었던지요. 동동이는 어머님이 따오신 온갖 과일들을 맛나게 먹으며 또 얼마나 신이 났었는지요.

어머님은 행여 산과일이 으스러질까 조심조심하며 그 무거운 것을 십리길 마다 않고 갖고 오십니다. 나뭇가지에 손이 긁히고 그 고운 종아리가 풀독이 올라 발갛게 변해도 산과일 만큼은 산에 있는 그대로 하나도 으스러지거나 긁히지 않고 고스란히 가져오십니다.

그 큰사랑을 이제야 조금은 알 것 같습니다.

하지만 결혼을 하고 아버지의 입장이 된 지금도 어머님의 큰사랑을 다 헤아리지 못합니다. 그저 내 몸 하나 편하고 내

가족, 내 자식만 생각하는 못난 아들이 되어 버렸지요.

오늘도 시골에서 농사일로 허리가 빠지도록 고생하시고 돈 몇 푼 벌자고 아침부터 밤늦게 까지 고생하시는 어머님을 생각하면 눈물이 앞을 가립니다.

언제나 편히 쉬실 수 있을는지요.

이제는 힘든 일 그만 하라고 아무리 말려도 소용이 없습니다. 동동이 집 살 때 조금이라도 보태주어야 한다나요.

동동이 이제는 혼자서도 잘 살아 갈 수 있다고, 어머님이 돈 보태주지 않아도 아무 문제 없다고, 이제 동동이가 어머님 생활비 드려야 한다고, 그러니 힘든 일 그만하시라고 아무리 말려도 소용이 없습니다.

이 못난 자식 때문에 고생하시는 어머님.

이제는 동동이가 낳은 손주녀석 걱정까지 더해 졌답니다.

어머님의 그 크신 사랑이 바다보다 넓고 하늘보다 높습니다.

비료포대 우산

사람들이 가장 많이 잃어버리는 물건이 우산입니다. 비가 오다가 중간에 그치는 날이면 지하철이나 버스 안 여기 저기 주인 잃은 우산이 넘쳐 나지요. 요즘은 이렇게 우산이 넘쳐나지만 옛날엔 우산이 무척 귀했답니다.

아예 우산이 없는 집도 있었고 많아 봐야 한 개 정도 밖에 가지고 있지 않았죠.

어른들은 비가 오는 날이면 비옷을 입고, 들로 나갑니다. 농사일 하는데는 비옷이 최고지요.

문제는 아이들입니다. 비가 억수로 퍼붓는 날에도 쓰고 갈 우산이 없어 학교에 안 가겠다고 억지를 부리곤 했습니다.

봉당에 걸터앉아 우산 없으면 학교에 안가겠다는 동동이를 어머님은 달래기도 하고 혼을 내기도 합니다. 그리곤 쏟아지는 비를 맞으며 토광으로 달려가 비어있는 비료포대를 하나 꺼내 오지요.

한쪽이 터진 비료포대를 양옆을 뚫어 손이 빠져 나올 공간을 만들고 위를 뚫어 머리가 빠져 나올 공간을 만듭니다.

이렇게 만든 비료포대 우산을 동동이에게 씌워주고 담 밑에 있는 커다란 토란잎을 싹둑 잘라 손에 쥐어줍니다.

이번 장날 장에 가면 꼭 우산을 사다 주겠다며 동동이를 달래고 혼내면서 학교에 보냅니다.

동동이는 어머님 약속을 철떡 같이 믿으며 책보를 등에 둘러메고 비료포대 우산을 뒤집어 쓴 뒤 널찍한 토란잎으로 머리에 떨어지는 빗물을 막으며 학교로 뛰어갑니다.

하지만 그해가 다 가고 다음 여름이 올 때까지 어머님은 우산을 사다주지 않으셨습니다. 동동이가 우산을 쓰고 학교에 가기 시작한 건 4학년 때부터이지요..

요즘은 우산 종류도 많아졌고 크기와 색깔도 다양해 졌습니다.

이렇게 좋은 우산이 많이 나왔는데도 토란잎에 떨어지는 빗방울 소리가 그리워지는 건 단지 그리움 때문일까요? 그리움보다 더한 그 시절의 순수함과 사랑 때문일까요?

모내기

요즘엔 이앙기라는 기계가 있어 스무 마지기 논에 두 세 사람만 있으면 모를 심지만 일일이 손으로 모를 심어야 했던 옛날에는 스무 명이 새벽부터 저녁 늦게까지 일을 해야 스무 마지기 논에 모를 다 심을 수 있었습니다.

동네 사람들이 모두 모여 힘을 합해야만 집집마다 모내기를 할 수 있었죠.

모내기철이 되면 온 동네 사람들이 두레를 결성해 힘을 모아 모를 심습니다. 누구네 논이 먼저랄 것 없이 가까운데 있는 논부터 모를 심어 나가지요.

동이 트기 시작하면 하나 둘 못자리 논으로 모여듭니다.

한 뼘 크기로 오밀조밀하게 파종되어 있는 모를 일일이 손으로 뽑아 한 손에 쥐기 좋을 정도의 묶음으로 만듭니다.

짚으로 묶여진 모는 지게를 이용해 모심을 논에 여기 저기 던져 놓습니다.

아침 햇살이 물살에 찰랑 일 때면 본격적으로 모내기가 시작됩니다.

못줄을 길게 띄워 놓고 못줄을 따라 적당한 간격으로 사람들이 늘어섭니다. 그리곤 묶여 있는 모를 풀어 모를 심기 시작하죠.

모를 심을 때는 손발이 잘 맞아야 합니다. 많은 사람들이 동시에 모를 심기 때문에 누구 하나 어긋나면 그만큼 일이 늦어지게 되죠.

목청 좋기로 소문난 정씨가 흥겨운 노랫가락을 부르고 그 장단에 맞춰 민둥이었던 논에 파릇파릇 일정한 간격으로 모가 심어집니다.

산들바람이 일으킨 물살이 여린 모를 간들거리는 것이 얼마나 보기가 좋고 아름다운지 모릅니다.

오전 10시쯤 되면 새참이 나옵니다. 큰 소쿠리를 머리에 이고 물 주전자와 술 주전자를 양손에 나눠든 아주머니는 미끄러운 논둑 길을 잘도 걸어옵니다.

시원한 나무그늘에 새참을 펼쳐 논 아주머니는 "어여들 나오라"며 일꾼들을 손짓해 부릅니다. 흐르는 물에 대충 손발을 씻고 논 밖으로 나온 아저씨들은 커다란 사발 가득 막걸리를 따라 단숨에 들이키고 아주머니들은 박을 쪼개 만든 그릇에 이것저것 반찬을 넣어 썩썩 밥을 비빕니다.

요즘도 모내기철이 되면 동동이는 시골에 내려갑니다.
이앙기로 모를 심을 수 있게 직사각형의 모판에 기른 모를
논둑에 죽 늘어놓습니다.

이앙기는 모를 가득 싣고 논을 가로질러 왔다 갔다 하고
이잉기가 지나간 자리엔 한치의 오차도 없이 정확한 간격으
로 모가 심어지지요.

이제는 못줄도 없어졌고 막걸리와 물주전자 대신 시원하게
얼린 맥주와 콜라가 새참으로 나오기도 합니다.

그래서 옛날처럼 왁자지껄한 풍경은 찾아 볼 수 없지만 파
릇하게 심겨진 모는 여전히 아름답게 보입니다. 5월의 햇살
도 여전히 포근하고 산 위의 나무들도 싱그러움을 더해갑니
다.

물장구

여름이면 개울가는 아이들의 놀이터로 변합니다.

어른들이 논에 물을 대기 위해 시냇물을 막아 놓은 '보'는 꼬마녀석들의 물장구 놀이터로 더할 나위 없지요.

개구쟁이 녀석들은 학교에서 돌아오자마자 책가방을 팽개치고 개울가로 모여듭니다.

그리곤 누가 먼저랄 것 없이 옷을 훌훌 벗어버리고 맨몸으로 '풍덩' 물 속에 들어갑니다.

물 속에 돌멩이를 던져놓고 누가 먼저 찾나 내기를 하기도 하고 높은 바위 위에 올라가 다이빙을 하기도 합니다.

몇몇 녀석들은 개울바닥에 있는 찰흙을 캐다가 사람 모양을 만들기도 하고 자동차를 만들어 보기도 합니다.

찰흙으로 만든 꼬마녀석들의 작품은 그늘에서 바짝 말라

작은 전시장을 만들어 놓습니다. 물에 젖은 찰흙을 햇볕에 말리면 금이 가고 사이가 벌어져 못쓰게 되지요.

입술이 파래질 정도로 물장구를 치다가 배가 고파지면 남의 참외밭에 몰래 들어가 서리를 하기도 합니다.

여름햇살에 따끈하게 데워진 참외는 차가운 물 속에서 나온 아이들에겐 꿀맛이지요.

어느 정도 배가 불러지면 나뭇잎으로 만든 팬티와 모자를 둘러쓰고 사냥을 합니다. 수풀이 우거진 개울가를 개선장군이 되어 씩씩하게 헤집고 다니지요.

가느다란 나뭇가지를 꺾어 개구리를 잡기도 하고 재수가 좋은 날에는 뱀을 잡기도 합니다.

야트막한 모래사장이 나오면 엉덩이만한 연못을 만들어 놓고 물고기를 잡습니다.

머리까지 물 속에 들어가 한참을 첨벙거리다 보면 붕어나 메기 같은 것이 몇 마리씩 걸려듭니다.

이렇게 잡은 사냥감은 곧 맛있는 간식거리가 되지요. 한 녀석은 집에 가서 냄비를 가져오고 한 녀석은 소금을 가져옵니다. 어른들 몰래 성냥을 가지고 온 녀석이 불을 지피고 뱀과 개구리 뒷다리는 얇은 돌 판에 올려놓고 소금을 뿌려 가며 굽게 됩니다.

노릇노릇하게 익어 가는 뱀과 개구리 뒷다리를 보면서 여기저기서 꼴깍거리는 소리가 들립니다. 한쪽에선 붕어와 메기를 넣은 매운탕이 끓어가고 아이들은 뱀과 개구리를 연신 주워 먹습니다.

초등학교 5학년 때 동동이의 담임이셨던 안병욱 선생님은 도회지에서 오셨습니다. 선생님께선 물고기를 잡아 매운탕을 끓여 먹는걸 무척 좋아하셨지요.

수업이 끝나면 개구쟁이 녀석들과 함께 물고기를 잡으러 다니시곤 했습니다.

여름방학이 시작되기 며칠 전에는 수업이 채 끝나기도 전에 물고기를 잡으러 갔습니다.

반 아이들 전체가 함께 갔지요.

30명이나 되는 아이들이 조그만 시냇물을 온통 첨벙거리고 다녔습니다.

그날은 정말 물고기를 많이 잡았습니다. 커다란 양동이에 물고기가 꽉 찼으니까요.

사택에서 생활하시던 선생님은 그 많은 아이들을 데리고 가셔서 직접 매운탕을 끓여 주셨습니다. 그 맛이 얼마나 기가 막히던지요.

아이들과 그렇게 즐겁게 노시던 선생님은 여름방학이 끝나자마자 다른 학교로 전근을 가셨습니다. 개울가의 즐거움과 사택에서 끓여 주시던 매운탕 맛을 남겨 놓고 말입니다.

아마도 선생님은 전근을 가시기 전에 즐거운 추억거리를 만들어 놓고 싶으셨던 모양입니다.

고추 먹고 맴맴

개구쟁이 녀석들은 옷을 홀딱 벗은 채 물장구를 칩니다. 아이들이 벗어 논 옷가지는 개울둑 위에 여기저기 놓여 있지요.

아무렇게나 벗어 논 옷가지는 심술궂은 동네 형들의 표적이 되곤 합니다.

고등학교에 다니는 형들이 학교가 끝나고 집으로 돌아오다가 아이들이 벗어 논 옷가지를 보고는 장난끼가 발동하는 것이지요.

살금살금 개울가로 다가온 형들은 아이들의 옷가지를 몰래 훔쳐 가지고 달아납니다. 그리곤 개울가와 한참 떨어진 논둑이나 수풀 속에 옷을 감추어 버리지요.

그리곤 다시 개울가로 돌아와 아이들을 놀립니다.

"야! 니들 옷 없어졌어"

그 소리에 깜짝 놀란 꼬마녀석들이 후닥닥 밖으로 뛰쳐나오지만 이미 때는 늦어 버렸습니다. 심술꾸러기 형들은 저만치 달아나 버리고 난 뒤죠.

그런 날이면 아이들은 조그만 고추를 손으로 움켜쥔 채 옷을 찾으러 여기저기 헤매고 다닙니다. 어른들은 다 큰 녀석들이 발가벗고 다닌다고 놀려대고 또래 계집애들이 두 손바닥으로 얼굴을 가리면서도 손가락 틈으로 엿보며 킬킬 웃음을 라치면 아이들은 창피함에 어쩔 줄 몰라 합니다.

아카시아

6월이면 아카시아 꽃이 지천으로 피어납니다. 산비탈에 일궈 논 작은 밭에도 장터로 향하는 재 너머 고갯길에도 동구 밖 과수원 길에도 아카시아 꽃이 한창입니다.

상쾌하고 달콤한 꽃향기가 실바람을 타고 솔솔 전해집니다.

아카시아 나무는 참 특이합니다.

산이든 밭이든 어디서든지 잘 자랍니다. 나뭇잎이 좋은 양분을 만들어 주는 양지바른 산 속이나 모래가 뒤섞인 척박한 땅 어디든 가리지 않고 잘 자랍니다. 생명력이 강한 아카시아 나무는 이산, 저산 군락을 형성하며 자라납니다.

아카시아는 시골아이들과 가장 친한 친구입니다.

달콤한 아카시아 꽃을 따먹기도 하고, 누나는 아카시아 잎을 따 이파리를 '좌악' 훑어 내고는 파마를 한다며 잎줄기를 긴 머리에 오밀조밀 묶어 놓습니다.

제일 연해 보이는 아카시아 잎줄기를 따 가위 바위 보 게임을 하기도 합니다. 이마에 꿀밤을 먹이듯 손가락 모양을 만들어 잎을 따내는 게임입니다.

동구 밖 과수원의 아카시아 꽃길은 학창시절 설레던 풋사랑의 장소이기도 합니다. 단발머리 여고생과 말없이 그 길을 걷곤 했지요.

서울에도 아카시아 나무가 많이 있습니다.

동동이가 살고 있는 신림동 야산에는 온통 아카시아 천지이지요.

올해도 어김없이 아카시아 꽃이 피어납니다.

창문을 열면 진한 아카시아 향기가 실바람을 타고 전해옵니다.

꽃내음에 실려온 풋사랑의 추억에 괜스레 마음이 설렙니다.

감자와 옥수수

 아버지는 여름에도 뜨거운 불길 옆에서 잠을 주무십니다.

잎담배를 말리기 위해 지어놓은 건조실에 불을 지피기 위해서죠.

건조실에 잎담배를 줄줄이 걸어놓고 아버님은 가루석탄을 물에 개 건조실 아궁이에 불을 지핍니다. 잎담배가 바싹 마를 때까지는 온도도 적당히 유지해야 되고 불을 꺼트려서는 안됩니다. 도중에 불이 꺼지면 잎담배가 모조리 썩게 되고 그러면 엄청 많은 손해를 보기 때문이지요.

아버님은 낮에는 물론 밤에도 불 곁을 떠나지 않습니다. 아궁이에 넣은 가루석탄이 거의 다 타버렸을 때쯤 다시 아궁이 문을 열고 뻘건 불꽃 속에 물에 갠 가루석탄을 집어

넣지요.

이렇게 일주일 정도 불을 때면 파란 잎담배가 노랗게 바싹 마릅니다.

잎담배가 다 마르고 나면 건조실 불도 그만 때게 되지요. 동동이는 잎담배가 어서 마르길 힉수고대합니다. 맛있는 군 감자를 먹을 수 있기 때문이지요.

가루석탄은 잎담배가 다 마른 후에도 하루정도는 뜨겁게 달궈져 있습니다.

아버님이 가루석탄 불을 꺼트려 버리고 나면 동동이는 바가지에 감자를 가득 담아 가지고 건조실 부엌으로 향합니다.

아버님은 동동이가 가져온 감자를 불이 꺼져 가는 가루석탄 불길 속에 꼭꼭 묻어두지요.

그리곤 조금 후 맛있게 구워진 군감자를 꺼내 주십니다.

동동이는 뜨거운 군 감자를 입김을 '호호' 불며 껍질을 벗겨 먹습니다.

모락모락 김이 나는 군감자의 맛은 정말 맛이 있습니다.

어떤 날은 군 감자를 남겨두었다가 저녁을 먹고 난 후 껍질을 벗겨 으깨어 먹기도 합니다.

개구리들의 합창소리를 들으며 먹던 여름밤의 군감자의 맛은 아직도 잊혀지지 않습니다.

빨갛게 익은 고추는 토광에 말립니다.

토광에 연탄불을 피워놓고 고추를 말리게 되지요.

연탄불을 피워놓은 토광은 뜨겁기는 했지만 잠깐씩은 견딜 수 있을 정도입니다.

연탄불 위에 구워 먹는 옥수수의 맛도 좋았습니다.

밭에서 따온 옥수수를 껍질을 벗겨 연탄불 위에 올려놓습니다.

그리곤 중간에 한번 뒤집어 주지요.

이렇게 구워진 옥수수는 정말 달콤하고 맛이 있었습니다.

요즘은 이런 맛을 볼 수가 없습니다.

밭에서 금방 따온 옥수수며 감자를 구워먹던 그 맛. 그 속엔 아름다운 세상에 대한 시골아이들의 꿈과 사랑이 있었습니다.

사슴벌레(집게벌레)

서산을 뭉글뭉글 넘어온 어둠은 갓 모내기가 끝난 파란 들판을 검게 물들이고 조그만 시골마을을 순식간에 삼켜 버립니다.

마을공터엔 이른 저녁을 먹은 아이들이 삼삼오오 모여 초여름 밤의 재미있는 놀이거리에 대한 의견이 분분하고 작은 초가집 창문 사이로 하나 둘 불이 밝혀진다.

아이들은 벌써 꽤 많이 모였고 그 중 제법 덩치가 큰 아이의 "집게벌레 잡으러 가자"는 말에 모두 동의합니다.

몇몇 아이들이 다시 집으로 달려가 손전등을 하나씩 들고 나오고 고만고만한 아이들이 한데 몰려 동네 뒷산으로 향합니다.

간간이 개 짖는 소리가 아이들을 뒤따르고 야트막한 산에 도착한 아이들은 다시 삼삼오오 패를 지어 산 속으로 흩어진다.

언제나 그렇듯이 동동이는 동생 성우와 같은 또래인 원영이 그리고 앞집에 사는 창렬이와 한패가 되어 어둠 속에 우뚝 솟아 있는 굵은 나무둥치를 살피기 시작합니다.

집게벌레는 주로 참나무에 붙어 있습니다. 몸 색깔이 온통 까매 찬찬히 살펴보지 않으면 쉽게 찾을 수 없지요.

하지만 초롱초롱한 시골아이들의 눈을 피할 순 없지요. 손전등의 불빛이 닿으면 놈은 마치 죽은 듯이 꿈쩍도 하지 않습니다. 어둠에 익숙해져 있다가 갑자기 밝은 빛을 받아 놀래버리는 모양입니다.

나무둥치를 삼십 분 정도 살피다 보면 한사람이 서너 마리의 집게벌레는 쉽게 잡을 수 있습니다.

각자 가져온 필통 속에 집게벌레를 담고 아이들은 다음날의 결전을 위해 집으로 향합니다.

동동이와 성우는 돼지집게와 참집게 두 마리씩을 잡았습니다.

돼지집게는 참집게에 비해 몸통이 1/3정도 밖에 되지 않으며 놈들의 가장 강력한 무기인 집게 역시 참 집게에 비해 훨씬 작습니다.

하지만 이놈은 집게로 한번 물면 여간해서는 놓지 않는 강한 놈입니다.

동동이와 성우는 잡아온 집게벌레가 밤새 잘 잘 수 있도록 필통 속에 자잘한 톱밥을 깔아주고 물도 몇 방울 떨어뜨려 줍니다.

　다음날 아침, 밥을 먹으면서도 집게벌레를 훈련시키기에 여념이 없습니다.

　이놈들은 뉘쌍무니를 살살 건드리면 잔뜩 화를 내며 상체를 일으켜 세우고 날카로운 이빨이 뻗어 있는 집게를 최대한 벌려 공격자세를 취하기도 합니다.

　그러면 아이들은 책상 위에 결투장을 만들어 놓고 놈들의 싸움을 지켜봅니다.

　싸움에서 밀려 책상 밑으로 떨어지거나 집게에 물려 일방적으로 공격을 당하기만 하는 놈이 패자가 됩니다.

집게벌레 잡기는 이렇게 초여름 시골아이들의 재미있는 놀이가 되었습니다.

그때(70년대 중반)는 집게벌레(사슴벌레의 사투리)도 많았고 잡기도 쉬웠습니다.

얼마 전인가 TV뉴스를 통해 집게사슴벌레가 사라지고 있다는 얘기를 들었습니다. 그렇게 많던 것이 지금은 아예 모습조차 볼 수 없다고 합니다. 애완용으로 키우는 사슴벌레 한 마리가 3만 원을 줘야 살 수 있다고 합니다.

무분별한 개발과 과다한 농약사용으로 이런 곤충들이 점점 사라져 간다는 소식을 듣고 얼마나 마음이 아팠는지 모릅니다. 무거운 쇳덩이가 마음 한 구석을 짓누르는 것이 마치 아주 중요한 무엇을 잃어버린 듯한 느낌입니다.

우리는 중요한 것을 잃어버리고 있습니다. 우리가 뛰어 놀던 깨끗한 자연환경과 맑은 공기 맑은 물을 잃어버리고 있습니다.

아무리 과학문명이 발달하고 기술적 진보가 이루어진다고 해도 자연과 바꿔버릴 수는 없습니다.

우리 아이들이 마음놓고 뛰어 놀 수 있는 장소, 아이들의 상상력을 무한히 키워줄 수 있는 그런 환경이 그립습니다. 어릴 때 뛰어 놀던 시골이 정말 그리워집니다. 이제 다시는 돌아 갈 수도, 되돌려 놓을 수도 없는 그 시절, 그 환경이 그립습니다.

비오는 날

"후드득, 후드득"

처마 끝을 때리는 빗소리가 꽤 요란하다 싶더니 금방 장대비로 변합니다.

동동이는 마루에 걸터앉아 줄기차게 쏟아지는 비를 하염없이 바라봅니다.

처마 끝에서 떨어지는 빗물은 작은 연못을 만들고 계속해서 작은 물결을 만들어 내고 이내 마당에 떨어지는 빗줄기와 합쳐져 작은 내를 수없이 만들어 냅니다.

"비야 비야 오지 마라. 비야 비야 오지 마라. 밭에 가신 울 엄마 오는 길에 비야 비야 오지 마라"

온 세상을 다 삼켜 버릴 듯 거칠 것 없이 쏟아지는 빗줄기를 바라보며 작은 소리로 노래를 부릅니다.

하지만 한번 시작된 빗줄기는 좀처럼 그칠 기미를 보이지 않습니다.

동동이의 마음이 까맣게 타들어 갈 무렵, 들에 나가셨던 부모님이 비를 흠뻑 맞은 채 돌아오십니다.

대충 몸을 씻은 어머니는 "배고프지? 조금만 기다려라. 엄마가 금방 수제비 끓여줄게"하시며 봉당에 걸린 가마솥에 불을 지핍니다.

아버지는 툇마루에 걸터앉아 담배 불을 붙이시고 비 때문에 논둑, 밭둑이 무너지지 않을까 걱정스런 눈빛으로 하늘을 바라봅니다.

김이 모락모락 나는 수제비를 한 그릇 뚝딱 해치우고 빗소리를 자장가 삼으며 얼핏 잠이 들었던 동동이는 아버지의 헛기침 소리에 잠을 깼습니다.

비가 언제 왔냐 싶게 하늘은 맑게 개어 있었고 부모님은 논, 밭을 둘러보시러 나갑니다.

동동이는 무릎 위까지 올라오는 아버지의 까만 장화를 신고 밖으로 나갑니다.

친구녀석들은 벌써 나와 비 때문에 생긴 물웅덩이에 들어가 놀이에 정신이 없습니다.

길가의 풀잎들은 빗방울을 흠뻑 머금은 채 누워 있고 맑게 갠 하늘에 풀벌레와 새들도 즐거운 노래를 부릅니다.

동동이와 친구들은 함께 어울려 다니며 빗물이 잔뜩 고여 있는 시골길을 마음껏 첨벙거리고 다닙니다.

그러다가 길 한가운데를 움푹 파서 진흙과 물을 섞어 조그만 늪을 만들어 놓고 그 위에 마른 흙을 살짝 덮어놓습니다.

서른이 넘도록 장가를 못간 옆집 강수 아저씨가 선을 보러 가는지 말끔히 차려입고 바삐 길을 걸어가다가 동동이가 만들어 놓은 늪에 빠져 옷을 다 버리곤 "이놈들"하며 무서운 기세로 쫓아오고 아이들은 그 기세에 눌려 뒤도 돌아보지 않은 채 달아나 버립니다.

창문 밖으로 떨어지는 빗줄기를 바라보며 그때 그 시절을 생각해 봅니다.

비가 그치고 나면 나타나는 무지개는 얼마나 예뻤는지요. 무지개는 우리들의 희망이자 설레임의 대상이었습니다. 그 아름다운 설레임을 영원히 간직하고 싶습니다.

어버이날

5월 달 달력을 들춰보며 어버이날이 며칠이나 남았는지 세어봅니다. 부모님 가슴에 꽃이라도 한 송이 달아 주고 싶은 동동이는 이때부터 돈을 모으기 시작합니다.

어머니한테 받은 백 원짜리며 십 원짜리를 하나 하나 모아 놓지요.

그리곤 5월 7일 저녁 무렵 면 소재지로 나갑니다.

마음 같아선 생화를 사고 싶지만 그러기엔 돈이 모자랍니다. 한참을 고민하다가 '어버이 은혜 감사합니다'라는 리본이 달린 가짜 카네이션을 할머니 것까지 3개 사들고 집으로 돌아옵니다.

다음날 새벽 여느 때보다 일찍 일어나 부모님께 꽃을 달아 드립니다.

어머니는 작년에 사온 것도 있는데 뭐하러 이런걸 또 사왔
냐며 한소리 하시면서도 얼굴에는 행복한 웃음이 배입니다.

꽃을 가슴에 단 어머니는 장롱 깊숙이 넣어둔 상자를 꺼
냅니다. 그 상자 안에는 동동이가 어버이날 사다준 가짜 카
네이션이며 소풍날 사다준 값싼 브롯지가 몇 개씩 들어 있
습니다.

어머니는 "여기 이렇게 많으니 이제 이런 거 그만 사오라"
고 말씀하십니다.

그러면서도 '고맙다'는 말을 잊지 않으십니다.

아무 것도 아닌 자식들의 작은 마음에도 세상의 모든 부모
님은 무척 기뻐하십니다.

소풍가는 날

어린 시절 가장 아름답고 즐거웠던 추억은 소풍입니다. 답답한 교실에서 벗어나 확 트인 자연 속에서 하루를 보낼 수 있다는 것은 정말 신나고 가슴 설레는 일이지요.

소풍 가는 날은 다른 아침보다 훨씬 일찍 잠을 깹니다. 문틈 사이로 어릿한 새벽빛이 스며들 때쯤이면 벌써 눈을 뜹니다.

동동이는 아침부터 부산을 떱니다. 지저분한 마당도 깨끗이 쓸어 놓고 뒤뜰에 있는 닭장에 가서 모이도 주고 물도 한 바가지 받아 놓습니다. 외양간에 있는 황소한테도 인사를 건넵니다.

매일 보아오던 앞마당의 상추며 토마토도 더욱 싱싱해 보입니다.

야산 나무꼭대기에 걸린 해가 마당 가득 따스한 햇살을 비춰주고 새들의 지저귐이 한층 밝아질 때쯤 들에 나갔던 부모님이 돌아오십니다.

아버지는 소에게 먹일 풀을 한 지게 짊어지고 오시고 어머니는 닭장에 가서 계란도 꺼내오고 겨우내 땅에 묻어 두었던 알밤도 꺼내오십니다.

동동이는 아침밥도 먹는 둥 마는 둥입니다.

"엄마 이따 올 거지?"

어머니에게 다시 한번 다짐을 해 둡니다. 농사일이 바쁜 어머니 대신 할머니가 동동이의 소풍장소에 따라오시곤 했습니다. 하지만 이번 소풍만은 어머니가 오셨으면 하는 바램입니다.

"그려 걱정 말고 어여 가"

어머니는 꼬깃꼬깃 접어둔 100원 짜리 한 장을 꺼내 동동이 손에 쥐어 줍니다.

학교 운동장엔 벌써 많은 아이들이 나와 있습니다.

모두들 깨끗하게 옷을 빨아 입고 나름대로 멋을 부렸습니다. 과수원집 숙경이는 멋진 모자까지 쓰고 나와 자랑이 한창입니다. 어떤 녀석들은 벌써부터 장난감 권총을 사들고 서부 영화에 나오는 주인공처럼 폼을 잡아 봅니다.

올해 소풍장소는 덕다리 방죽 뒤에 있는 작은 절터입니다.

절터 앞에 널찍한 공터가 있어 소풍장소로는 그만이지요.

길을 걷는 중에도 아이들은 연신 장난질입니다. 길가의 나무를 툭 건드려 보기도 하고 나뭇잎을 따 풀피리를 불기도 합니다.

한 녀석이 풀피리를 불자 너도나도 따라 풀피리를 불면 푸른 풀피리 소리가 원을 그리며 하늘로 올라갑니다.

갑작스런 소란에 놀란 다람쥐가 빼꼼히 고개를 내밀다가 장난꾸러기 녀석들의 돌팔매에 잰걸음으로 도망칩니다.

전교생이 모인 장가자랑 시간, 노래 잘하기로 소문난 선홍이가 고운 목소리로 '나뭇잎 배'를 부르고 웃옷을 벗어제친 용만이의 막춤에 아이들의 웃음보가 터집니다.

소풍장소까지 따라온 장난감 가게와 과자가게엔 아이들이 줄을 섭니다. 동동이도 어머니가 쥐어준 100원 짜리 지폐를 꺼내 사이다 한 병을 사듭니다. 톡 쏘는 사이다 맛이 무척 상쾌합니다.

반별로 따로 자리를 잡고 한참 재미있게 놀 때쯤 도시락 가방을 손에든 어머니들이 하나둘 아이들 주위를 둘러쌉니다.

어머니는 아침에 닭장에서 꺼내오신 계란과 알밤을 삶아 가지고 오셨습니다. 점심자리를 펴고 앉아 어머니가 까주신 삶은 계란을 단숨에 먹어치우고 사이다를 한 모금 마십니다. 어머니는 동동이가 먹는 모습을 가만히 바라봅니다.

"엄마 이거 마셔"

동동이는 사이다를 꺼내 어머니에게 드립니다.

"엄만 사이다 싫어. 여기 물먹으면 되지. 어여 너나 먹어"

"그래도 한 모금만 마셔봐"

동동이의 성화에 어머니는 사이다를 입에 대고 마시는 시늉만 합니다.

그리곤 삶아오신 알밤을 그릇에 담습니다.

"이거 저기 선생님들 갖다 드리고 와"

동동이네 알밤은 근치 동리에서도 알이줄 정도로 맛이 좋습니다. 동동이가 두 손으로 내민 알밤을 받아든 선생님이 "올해도 동동이네 알밤을 먹어 보네." 하며 껄껄 웃습니다.

점심시간이 끝나고 보물찾기 시간이 이어집니다. 아이들은 여기 저기 흩어져 보물찾기에 여념이 없습니다. 돌멩이를 들춰보기도 하고 나뭇가지 위를 살펴보기도 합니다.

"야! 찾았다" 보물을 찾은 아이들의 신나 하는 목소리가 들려오고 동동이도 '공책 2권'이라고 적힌 보물 쪽지를 찾아냈습니다.

모든 아이들이 한자리에 모여 선생님이 나눠주신 보물을 받아들고 함박웃음을 짓습니다.

집으로 돌아갈 때는 같은 동네에 사는 아이들끼리 함께 떠납니다. 동동이는 사이다를 사고 남은 돈 80원으로 어머니에게 드릴 브롯지를 하나 사고 장난감 권총을 하나 삽니다.

집으로 돌아와서도 소풍의 들뜬 기분은 가라앉지 않습니다. 남자아이들은 새로 산 장난감 권총을 가지고 밤늦도록 전쟁놀이를 하고 여자아이들은 예쁜 종이 인형에 새 옷을 입혀줍니다.

소풍갈 때의 설레임, 그 느낌이 문득 그리워집니다.

누나야

누나는 어렸을 때 귓병을 앓았습니다.

하지만 워낙 가난했던 우리 집은 약 한번 제대로 써 보질 못했습니다.

귀에서 고름이 질질 흐를 때쯤 병원엘 갔죠.

하지만 그때는 너무 늦었습니다. 이미 고막이 많이 손상된 뒤였지요.

누나는 고등학교를 졸업할 때까지 소리를 잘 듣지 못했습니다.

옆 사람이 얘기하는 것도 못 알아들었죠. 고함을 지르듯 얘기해야 알아들을 수 있었습니다.

어머니는 누나를 병원에 데려가지 못한 게 천추의 한이 된다며 눈물을 흘리시곤 합니다.

이런 누나를 저는 무척 괴롭혔지요.

한 살 위인 누나는 무턱대고 소리만 지르는 제가 무서웠다고 합니다.

한번은 누나와 싸우다가 돌멩이를 집어 던져 팔꿈치를 크게 다치게 한 적도 있습니다.

철이 들면서 그 동안 누나에게 얼마나 큰 잘못을 저질렀는지 알게 됐습니다.

누나는 항상 저에게 희생만 하며 살았습니다.

고등학교 다닐 때 누나와 같이 자취를 했습니다.

자신은 도시락 반찬으로 장아찌를 싸가면서도 저에겐 언제나 맛있는 반찬을 싸주기 위해 노력했습니다.

누나는 알뜰살뜰 돈을 모아 살림을 했지요. 가끔 계란찜을 해도 자기는 "나는 국물이 더 맛있더라"하면서 저에게 계란을 다 퍼주었습니다.

철이 들어 누나의 사랑을 알게 됐습니다.

이제 저도 누나도 모두 결혼을 했습니다. 조카들이 얼마나 예쁜지 모릅니다.

누나한테 받은 사랑의 반만이라도 갚고 싶습니다.

방학 때면 조카들을 저희 집으로 데려옵니다. 롯데월드도 데려가고 에버랜드도 데려가고 여름엔 계곡으로 피서도 갔다 왔습니다. 그래선지 동동이의 아내도 아이들의 옷을 사더라도 꼭 조카들 것까지 같이 삽니다.

누나는 뭐하러 돈을 쓰느냐며 야단을 칩니다. 하지만 누나의 사랑에 비하면 동동이가 하는 것은 아무 것도 아니지요.

얼마 전 시골에 계시는 부모님한테 가스렌지를 새로 사 들였습니다. 그전에 쓰던 게 워낙 낡았거든요. 남동생하고 저하고 반반씩 부담했지요.

나중에 그 사실을 안 누님이 2만원을 주시더군요. 가스렌지 값이라며.

동동이의 아내는 그 돈을 차마 사양하지 못하더군요. 누나도 부모님한테 해주고 싶어 저러신다며.

도자기 공장에 다니는 누나는 항상 피곤해 하면서도 시골에서 고추 딴다고 하면 어김없이 내려와 일손을 거듭니다.

자신보다는 항상 남을 위해 사는 누나.

누나는 셋째며느리이면서도 시어머니를 모시고 살았습니다. 지금은 시어머니가 돌아가셨지만, 살아 생전 싫은 내색 한번도 안 했습니다. 오히려 자신이 해야 하는 일이라며 적극적으로 시어머니를 모시고 살았죠.

이제 누나한테 받은 사랑을 제가 돌려줘야 할 때입니다. 앞으로 남은 날 동안 제가해야 할 일이지요.

이런 큰사랑이 가득한 세상이 그립습니다.

활쏘기

 시골의 아이들은 손을 이용해 무엇을 만들어 내는데 뛰어난 재주를 가지고 있습니다.

양쪽으로 알맞게 벌어진 나뭇가지를 꺾어 노란 고무줄을 매달아 새총을 만들기도 하고 긴 막대기로 칼이나 총을 만들기도 합니다.

대나무를 휘어 만든 활은 그 중에서도 가장 훌륭한 무기가 됩니다.

뒷산에서 자라고 있는 굵은 대나무를 1미터 남짓 크기로 잘라 그 양쪽 끝에 홈을 내고 질긴 끈으로 묶어 활을 만듭니다.

화살은 주로 얇은 나무 가지를 이용합니다. 곧게 뻗은 나뭇가지를 잘라 낫이나 부엌칼로 곱게 다듬고 그 끝에 화살촉을 답니다. 화살촉은 쓰다 남은 녹슨 못이 주로 이용되죠.

이렇게 각자가 만든 활을 대각선으로 어깨에 걸치고 화살을 허리띠에 주렁주렁 매달고는 하나 둘 뒷산으로 모이기 시작합니다.

뒷산의 굵은 느티나무에 널빤지를 이용해 과녁을 만들어 놓고 일정한 거리를 정해 활쏘기 시합을 합니다.

활쏘기 시합을 한다고 해서 무슨 내기를 하는 것도 아니고 그냥 누가 더 많이, 잘 맞추냐 하는 것을 겨룰 뿐입니다.

과녁에 그려 논 가운데의 동그라미에 누가 얼마나 가깝게 맞추냐 하는 내기를 합니다.

이렇게 한창 활쏘기 시합을 하고 난 후엔 삼삼오오 짝을 이뤄 사냥을 떠납니다.

동동이도 동생 성우와 원영이와 함께 사냥을 나섭니다.

뒷산에서 동쪽으로 위치한 야트막한 산은 사람들이 잘 다니지 않아 산짐승들이 많이 돌아다니는 곳입니다. 하지만 워낙 수풀이 우거지고 가시 같은 것도 많아 아이들은 그곳에 가길 꺼려합니다. 더군다나 그 산자락의 중간쯤에는 상여(죽은 사람의 관을 넣어 메고 가는 꽃가마)집이 있어 어린아이들에겐 금기시 되는 장소였죠.

하지만 세 사람은 의기양양하게 상여집이 자리잡고 있는 동쪽 산으로 향했습니다.

사람들의 발길이 닿지 않은 숲 속은 앞으로 나아가기가 힘들 정도로 우거져 있었고 나뭇가지들이 무성하게 얽혀 바로 몇 미터 앞도 분간하기 힘들 정도였습니다.

　세 사람은 혹여 서로 떨어지기라도 할세라 바싹 몸을 붙여 이동하기 시작했습니다. 이런 산 속에서 혼자 떨어지면 어떤 봉변을 당할 지 모릅니다. 귀신에 홀려 집으로 돌아가지 못할지도 모르며 무서운 들짐승에게 공격을 당힐지도 모르죠.

　비록 동네에서 얼마 떨어지지 않은 산 속이었지만 어린아이들에겐 한번도 가보지 않은 신비의 장소인 동시에 무엇이 있을지 모르는 두려움의 장소였습니다.

　언제나 씩씩한 원영이가 선두에 섰고 그 뒤를 성우와 동동이가 뒤따라갑니다.

　"오늘은 새알이라도 주워 가자"

　사냥을 나갔다가 번번이 빈손으로 돌아오기 일쑤였던 세 사람은 오늘은 기필코 수확을 올려야 한다며 결의에 차 있습니다.

　하지만 아무리 산 속을 헤매고 다녀도 새알은 물론이고 활을 쏠 기회도 찾지 못합니다.

　나무가 우거진 산 속은 햇볕이 들지 않아 시간이 얼마나 지났는지 분간하기도 어려웠습니다.

　두 시간 남짓 산 속을 헤매던 세 사람은 서서히 지쳐갑니다.

　더욱이 성우가 발을 헛디뎌 절뚝거리기까지 하자 사냥은 고사하고 어서 빨리 집으로 돌아가고 싶은 마음뿐입니다.

　가끔씩 들려오는 산짐승들의 음울한 울음소리도 더욱 기분을 나쁘게 했습니다.

"야! 저게 뭐야"

앞서가던 원영이가 찾아낸 것은 아이들에겐 금기의 장소이자 무서움의 극치인 상여집이었습니다.

"저 안에 귀신들이 산대. 밤만 되면 귀신들이 나와 논다구 그러더라"

동동이의 말에 모두들 으스스 몸을 떱니다. 머리끝에서부터 발끝까지 소름이 끼쳤습니다.

"엉아 집에 가자"

성우의 말에 모두들 고개를 끄덕이며 산을 벗어나기 시작합니다.

하지만 워낙 깊이 들어온 터라 집으로 향하는 길은 쉽게 찾아지지가 않았다.

앞선 원영이의 걸음이 점점 빨라지기 시작합니다.

다리를 다친 성우는 결국 뒤쳐지고 '엉엉' 울음을 터뜨립니다.

"엉아! 같이 가 엉엉엉"

"왜 그래? 야 울지마"

동동이는 성우를 등에 업습니다.

"얼른 업혀"

"엉엉"

"얼른 업히라니까"

원영이가 숲을 헤치고 그 뒤를 성우를 업은 동동이가 뒤따라갑니다.

그렇게 한참을 걸어가니 길이 나왔습니다.

비록 좁은 길이지만 사람이 다닌 흔적만은 분명히 남아 있습니다.

"야! 여기가 어디야?"

"일루 쭉 가면 집 나와"

동네에서도 한참을 벗어난 모양입니다.

해는 서산을 향해 걸음을 재촉하고 있었고 동동이와 원영이도 걸음을 재촉합니다.

길가에 나오자 안심이 되는지 성우는 동동이의 등에서 잠이 들어 버립니다.

그렇게 한참을 걷다보니 어머니와 함께 새참을 내오던 동동이네 논이 보입니다.

이제야 아는 길로 들어섰다는 안도감에 동동이도 마음이 놓입니다.

앞서거니 뒤서거니 길을 걷는데 산 속에서 '푸드득'하며 꿩이 날아오릅니다.

"야! 일루 와봐"

원영이가 먼저 산에 올라 동동이를 부릅니다.

방금 꿩이 날아간 자리에 둥지가 있었고 작은 알들이 옹기종기 놓여 있었습니다.

"얼른 꺼내가자"

"잠깐만"

동동이의 말에 원영이가 제지를 합니다.

"우리 숨어 있다가 엄마 꿩 오면 잡아 갖고 가자"

산 속에서의 무서움도 잊은 채 두 사람은 숲 속에 납작 엎드려 어미 꿩이 돌아오기를 기다립니다.

근처 나뭇가지에 숨어 있던 어미 꿩은 인기척이 사라지고 나서도 한참을 서성거린 후에나 다시 돌아와 알을 품습니다.

잔뜩 긴장하며 화살을 장전해 놓고 있던 세 사람은 일제히 화살을 날립니다.

바람소리에 놀란 꿩이 머리를 쳐들었을 땐 이미 화살 한 개가 꿩의 몸에 꽂힌 후였죠.

"와! 잡았다"

꿩을 잡은 세 사람은 길게 늘어진 그림자를 밟으며 껑충껑충 뛰었습니다. 활을 이용해 꿩을 잡기는 모두에게 처음 있는 일입니다.

잡은 꿩을 등에 둘러메고 알은 조심스레 주머니에 넣었습니다.

"알 깨지지 않게 조심해"

"알았어"

동네로 들어서자 이미 집으로 돌아와 뛰어 놀던 아이들이 몰려듭니다.

"야! 꿩이다"

"어디? 어디?"

"와! 진짜"

"이거 우리가 잡았다"

"정말?"

"그럼"

순식간에 세 사람은 동네 아이들의 영웅이 됩니다.

아이들은 잡은 꿩을 가지고 자신들의 아지트인 관정(지하수를 퍼올리기 위해 임시로 만들어 놓은 우물가)으로 향합니다.

관정에 모인 아이들은 꿩을 구어 먹기 위해 열심히 불을 피워댑니다. 나무 태우는 연기가 좁은 관정을 가득 메워 눈물이 날 지경인데도 어느 하나 불평하는 사람이 없습니다.

모락모락 김이 올라오는 꿩고기는 보기만 해도 침이 넘어갈 지경입니다. 알맞게 구워진 꿩은 우선 순위에 따라 원영이와 동동이 그리고 성우가 다리 가슴살 등을 차지하고 나머지는 다른 아이들 몫이 됩니다.

아이들은 자기 차지가 된 꿩고기를 호호 불어가며 소금에 찍어 정신없이 먹기 시작합니다.

집에서는 부모들이 '저녁때가 돼도 집에 들어올 생각을 안 한다'며 역정을 내고 있었지만 아이들의 입가엔 점점 검은 그을음이 번져갑니다.

껌

 요즘에는 모양도 다양해지고 그 종류도 많아졌지만 70년 대 까지만 하더라도 껌은 아주 귀한 물건이었습니다.

어쩌다가 껌이라도 생기게 되면 며칠이고 입안에 넣고 씹어도 씹어도 줄지 않는 껌의 감촉을 실컷 즐기고 다닙니다.

어떤 아이들은 열흘이 넘도록 껌을 씹고 다니기도 하죠.

밥을 먹을 때는 숟가락 뒤에 껌을 붙여 놓고 밤에는 벽이나 장롱에 껌을 붙여 놓습니다.

간혹 껌을 씹은 채 잠이 들었다가 머리카락에 달라붙은 껌 때문에 고생을 하기도 합니다. 그럴 때면 어머님은 껌이 달라붙은 부분의 머리카락만 싹둑 잘라내 버립니다.

벽에 붙여놓은 껌을 일찍 일어난 누나가 먼저 떼어내 씹고

있기도 합니다. 아침부터 껌을 사이에 두고 다툼이 일어나곤
하지요.

여자아이들은 껌을 손가락으로 쭉 늘어뜨린 다음 돌돌 말
아 엄지와 검지로 눌러 '딱! 딱'하는 소리를 냅니다.

껌이 귀했던 시질 아이들은 껌 대신 '삐디기'라는 풀을 씹
기도 했습니다. 초봄이면 논둑이나 밭둑에 무수히 올라오는
'삐디기'는 줄기가 질겨 입안에 넣고 오랫동안 씹을 수 있죠.
'삐디기'를 오래 씹으면 껌이 된다고 믿었습니다.

껌이 이렇게 귀하다 보니 껌종이도 무척 비싸게 거래됩니
다. 아이들은 껌종이를 모아 딱지치기 마냥 내기를 하기도
했으며 일부러 껌종이를 주우러 다니기도 했죠.

요즘엔 때와 장소를 가리지 않고 요란하게 껌을 씹는 사람
때문에 눈살을 찌푸리기도 합니다.

사무실이나 엘리베이터 지하철 길거리 등에 씹다 버린 껌
이 즐비해 기분을 상하게 하고 환경을 더럽힙니다.

어렸을 땐 그처럼 달콤하고 신기했던 껌이 이제는 아무 데
나 버려지고 있으니 그만큼 우리네 마음도 버려지고 있다는
생각을 하게 됩니다.

어린 까치

무더위도 막바지로 치닫고 있는 8월 말. 동동이는 흙벽돌로 만든 시원한 대문간의 그늘에서 늘어지게 잠을 청하고 있습니다. 앞뒤로 훤히 트인 대문간으로 시원한 바람이 불어옵니다.

밀린 방학숙제도 해야 하건만 동동이는 아무 걱정이 없는 듯 태연하기만 합니다.

"동태야!"

어느 결에 왔는지 원영이가 어깨를 흔들며 깨웁니다.

"우리 오지(뽕나무의 열매. 표준말은 오디) 따먹으러 가자"

뜨겁던 햇볕도 어느 정도 꺾여 있었고 오지를 따먹으러 가기엔 더 없이 좋은 때입니다.

"내가 좋은데 봐 뒀어. 거긴 아무도 몰라"

원영이는 얼마 전 자신이 새로 찾았다는 맛있는 오지밭으로 동동이를 데리고 갔다.

원영이와 동동이는 누가 먼저랄 것도 없이 뽕나무를 휘어잡고 오지를 따먹기에 정신이 없습니다.

싸맣게 익은 오시는 알도 굵었으며 날콤하게 씹히는 맛노 일품입니다. 입 주위를 온통 까맣게 물들이며 정신없이 오지를 따먹고 있는데 어디선가 '푸드득'하는 소리가 들립니다.

"야! 저기 봐"

어디서 날아왔는지 조그만 까치 한 마리가 땅바닥에 떨어진 오지를 주워먹고 있습니다.

인기척에 놀란 까치가 '푸드득' 날아오르지만 아직 날개에 힘이 실려있지 않아 멀리 달아나지를 못합니다.

"저거 잡을 수 있겠다"

동동이와 원영이는 제대로 날지 못하는 까치를 잡기 위해 오지 따먹는 것도 잊은 채 열심히 까치를 쫓아다닙니다. 하지만 비록 어린 새끼라고 하지만 하늘을 날아다니는 까치를 잡는다는 것은 보통 어려운 일이다.

한 시간을 넘게 산으로 들로 까치를 쫓아 다녔지만 어린 까치는 번번이 사람의 손길을 벗어납니다. 동동이와 원영이의 몸은 이미 나뭇가지에 수없이 긁혀 있었습니다. 한 시간을 더 쫓아다닌 뒤에야 간신히 까치를 잡을 수 있었습니다.

까치를 잡은 둘은 의기양양하며 집으로 돌아왔습니다.

한낮의 뜨겁던 태양도 서산에 걸려 뉘엿뉘엿 넘어갑니다.

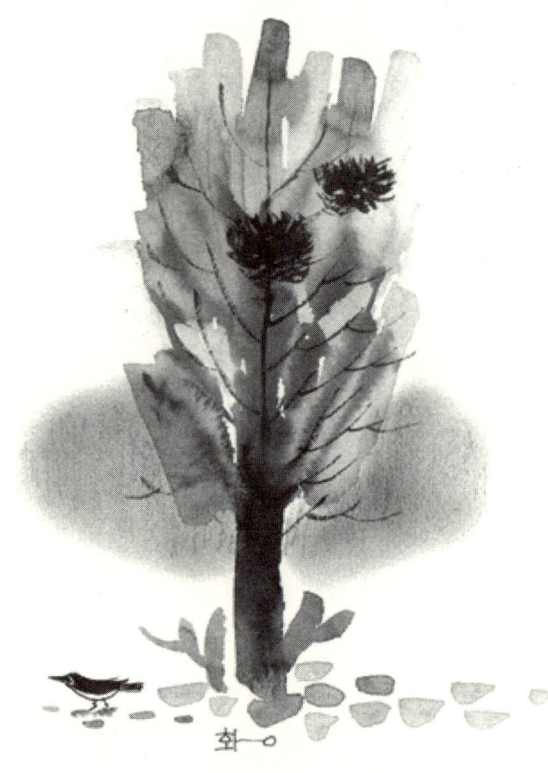

　개선장군이 되어 집으로 향하던 두 사람의 뒤를 어미까치
가 쫓아오고 있다는 건 한참을 지나서 알았습니다.
　어미까치는 무지한 인간들의 손에 사로잡힌 새끼를 구하기
위해 두 사람의 주위를 돌며 안타까운 울음을 울어댑니다.

걸음을 멈추면 근처 나무 위에 올라 한없이 원통한 울음을 토해내고 길을 가면 역시 두 사람을 뒤쫓으며 한없이 처연한 울음을 토해냅니다.

"까치 엄만가 봐. 계속 쫓아오네"

"저러다 갈 거야"

하지만 어미까치는 동동이네 집까지 따라와 뒷산 나뭇가지에 앉아 연신 불안한 울음을 토해냅니다.

"우리 까치 도로 갖다 놓자"

동동이와 원영이는 결국 어린 까치를 원래의 자리에 되돌려 놓기로 결정했습니다.

해는 이제 완전히 넘어가 주위를 더욱 어둡게 만들었고 인척이 드문 뽕밭은 여름밤의 차가움을 받아 더욱 스산해 보였습니다. 동동이와 원영이는 으스름한 뽕밭에 까치를 내려놓고 뒤도 돌아보지 않고 뛰어 달아납니다.

한참을 달려 돌아오는 길에 아까 와는 확연히 다른 까치 어미의 즐겁게 우짖는 소리가 들려옵니다. 그 소리는 마치 동동이와 원영이에게 고맙다는 인사를 전하는 듯 합니다.

여름밤에 불어오는 시원한 바람이 두 사람의 뛰는 가슴을 진정시켜 주고 저 멀리 동네엔 하나둘 불이 밝혀지기 시작합니다.

엿장수

"짤깍, 짤깍, 짤깍"

멀리서 엿장수 아저씨의 가위 치는 소리가 들려옵니다.
이때부터 아이들은 바빠집니다.

각자 집으로 뛰어가 엿하고 바꿀만한 게 없을까 두리번거립니다.

어떤 아이들은 다 떨어진 고무신을 갖고 오기도 하고 어떤 아이들은 비닐을 감아놓았던 종이로 된 원통을 갖고 오기도 합니다.

동동이는 그 동안 모아두었던 빈 병과 다 떨어져 이제는 못 쓰게된 할머니의 털신을 가져옵니다. 빈 병과 털신을 건네주자 아저씨는 엿판에 밀가루를 묻혀 서너 토막 '툭'하고 잘라 줍니다. 엿장수 아저씨의 엿 자르는 모습은 언제 봐도 멋있습니다.

동그란 막대기 엿도 두 가닥 받아들고 어린아이들은 빙 둘러 모입니다.

입으로는 연신 엿을 먹어대면서 막대 엿을 가지고는 엿치기를 하지요.

어렸을 적에 다들 해보셨죠? 엿을 토막내 구멍 많은 사람이 이기는 게임. 지금도 인사동 거리를 지나다가 엿장수 목판을 보면 그때 그 생각이 납니다.

그렇게 여름 한나절을 보냈습니다. 엿도 먹고 개울에 가서 멱도 감고. 참외밭 서리도 하고 그러면서요.

그날저녁 옆집 아줌마가 마실을 오셨습니다. 며칠 전 장날 새로 사온 냄비가 없어졌다면서 '귀신이 곡할 노릇'이라고 하더군요.

찬장 안에 잘 넣어 두었던 게 없어졌다는 겁니다. 칠복이 녀석이 아까 엿 바꿔 먹은 노란 냄비가 바로 그 냄비라는 것을 알 수 있었습니다.

칠복이 녀석, 헌 냄비가 없으니까 엄마가 아끼는 새냄비를 발로 우그러뜨려 갖고 나온 것입니다.

엿 장수 아저씨는 일주일에 한 번 정도 우리 동네에 들립니다.

근데 이번에는 아무리 찾아봐도 엿하고 바꿔 먹을만한 게 없더군요.

다른 아이들은 이쪽 저쪽 침을 발라가며 맛있게 엿을 먹고 있는데 동동이는 그냥 구경만 할 수밖에 없었어요.

어떤 녀석은 저 혼자 엿을 먹을 욕심에 엿에 온통 침을 발라 놓고 난리입니다. 동동이는 그 모습을 물끄러미 바라봅니다.

엿장수 아저씨가 윗동네로 향하고 동동이와 친구들은 산열매를 따먹기 위해 근처 야산으로 들어갔습니다. 한참을 산속에서 놀고 있는데 엿장수 아저씨가 리어카를 끌고 힘들게 언덕을 오르는 모습이 보이더군요.

동동이와 친구들은 아저씨의 리어카를 밀어드립니다. 그러다가 한 녀석이 언덕을 다 올라왔을 때쯤 대뜸 엿가락을 훔쳐 달아나고 다른 아이들도 덩달아 달아납니다.

아직 언덕을 다 오르지 못한 아저씨를 리어카 때문에 아이들을 쫓아 올 수 없었죠.

그때 그 아저씨에게 무척 죄송합니다. 힘들게 리어카를 끌며 엿장수를 하시는 아저씨. 그날은 못된 녀석들 때문에 손해를 보셨겠죠?

이젠 그런 아저씨의 모습을 다시 볼 수 없어 너무나도 안타깝습니다.

장날

 5일장이 서는 날이면 어머니 손을 꼭 붙잡고 장 구경을 따라 나섭니다.

근처 야산과 동네 공터가 놀이터의 전부였던 시절, 장 구경은 색다른 설레임과 기대감을 안겨주기에 충분했습니다.

10리 길을 걸어가는 동안에도 다리가 하나도 아프질 않습니다.

매일 보아오던 길가의 풀이며 꽃들도 새롭게 보였고 논가에서 울어대는 개구리들의 울음소리도 즐겁게 들렸습니다.

이제 막 모를 심어놓은 논에는 바람이 만들어 놓은 물결이 잔잔하게 일고 햇볕을 받은 플라타너스 나뭇잎은 더욱 반짝거립니다.

장에는 정말 볼 것이 많았습니다. 형형색색의 옷들이 철마다 넘쳐 났고 장터 입구엔 뻥튀기 아저씨가 언제나 자리를 잡고 앉아 있습니다.

한적하기만 하던 시골동네가 장날만 되면 여느 시가지 못지 않게 북적거립니다.

그늘을 만들며 서있는 행상들의 천막은 서로 끝이 닿을 듯하고 그 사이를 시골 아낙들이 분주히 걸어갑니다.

각종 과일행상들도 골목을 따라 쭉 늘어서 있고 그 옆으론 직접 기른 콩이며 팥이며 깨를 가지고 나온 시골 아낙네들이 자리를 잡고 있습니다.

하얀 무명옷으로 한껏 멋을 낸 할아버지들은 오랜만에 만난 친구들과 막걸리 잔을 기울이고 계십니다.

오랜만에 친정동네 사람들을 만난 어머니는 외할머니 소식이 궁금해 시간가는 줄 모르고 이야기꽃을 피우고 동동이는 어서 가자며 어머니 치마폭을 잡아당깁니다.

파란 물감을 곱게 들인 반팔 티셔츠며 새로 나온 장난감 등 동동이는 갖고 싶은 게 많습니다. 장난감 가게 앞에서 한참을 서성이며 이것저것 만져보던 동동이는 고무물총이라도 하나 얻고 싶어 빨간 고무물총을 손에 들고 어머니 얼굴을 쳐다봅니다.

하지만 어머니는 간절한 동동이를 애써 외면합니다. 동동이를 외면하며 고개를 옆으로 돌리는 어머니의 그 맑은 눈엔 보일 듯 말 듯 이슬이 맺히고 얼굴엔 안타까움이 역력합니다.

어린 동동이는 '이 딴 거 없어도 된다'며 아무렇지도 않은
듯 씩씩하게 앞서 나갑니다.

사주고 싶어도 사 줄 수 없었던 그 안타까운 마음.
그 마음을 마흔을 바라보는 이세야 이해하게 됩니다.
요즘도 어머니는 동동이에게 용돈을 주십니다. 저번엔 2만
원을 아무도 모르게 살짝 쥐어주시더군요.
어머니의 그 사랑을 동동이는 차마 거절하지 못했습니다.

짜장면

5일장마다 어머니의 손을 잡고 따라다니던 장 구경 중에서도 동동이의 마음을 가장 설레게 했던 건 짜장면이었습니다.

장에 따라 나설 때마다 늘 김이 모락모락 나는 짜장면을 생각하며 오늘은 짜장면 한 그릇 사주겠지 하는 기대를 합니다.

한참 장 구경을 하다보면 점심때가 훌쩍 지나고 동동이는 배고프다며 투정을 부립니다.

하지만 어머니는 '벌써 무슨 배가 고프냐'며 짜장면 집을 늘 그냥 지나치십니다.

그리곤 집에 가서 밥 먹자며 발걸음을 서두르지요.

어머니의 그 발걸음이 어찌나 야속하고 밉던지요.

행여 친구녀석들이 짜장면 먹어봤다고 자랑이라고 할라치

면 그 마음은 더욱 간절해집니다.

하지만 그런 마음을 아는지 모르는지 어머니는 그 맛있는 짜장면을 한번도 사주질 않으셨습니다.

그러던 어느 날이었죠.

어느 날과 마찬가지로 학교에서 돌아오자마자 가방을 팽개쳐 버리듯 던져놓고 밖으로 뛰어나가기 바빴습니다.

까만 고무신을 꿰어차고 나가려는데 어머니가 부엌에서 나오시며 동동이를 부릅니다.

"이거 먹고 나가라"

어머니가 받쳐든 작은 상위에는 동동이가 그렇게 먹고 싶어하던 짜장면이 모락모락 김을 내뿜으며 큰그릇에 담겨져 있었습니다.

이게 웬 짜장면이냐며 의아해 하는 동동이에게 어머니는 부엌에 많이 있으니 실컷 먹으라며 돌아서십니다.

부엌 가마솥에는 면발에 뿌려질 짜장이 보글보글 끓고 있었고 그 옆 소쿠리에는 짜장면을 만드는 굵은 면발이 가득 들어 있었습니다.

동동이는 그날 쌉싸름 하면서도 달콤한 짜장면을 실컷 먹었습니다. 얼마나 많이 먹었던지 나중에는 배가 불러 움직이지 못할 정도였습니다.

어머니는 장에 가실 때마다 할머니가 내주시는 돈에서 물건값을 깎고 깎아 조금씩 모아 두셨던 겁니다.

그리곤 온 가족이 실컷 먹을 수 있도록 재료를 사다가 집에서 짜장면을 만드신 거지요.

요즘은 중국집도 흔해졌고 짜장면도 흔해 졌습니다.
하지만 아무리 많은 짜장면을 먹어봐도 그때 어머니가 만
들어주신 짜장면 맛을 따라오지 못합니다.
짜장면이 너무 흔해진 탓도 있겠지만 그보다 더 큰 이유는
아마 어머니의 정성이 없기 때문일 겁니다.

여름밤 풍경

1.

마당에 멍석을 깔고 밤하늘을 바라봅니다. 여름밤의
별들은 갓난아이의 눈동자처럼 반짝이지요. 뒷산에선
귀뚜라미가 울고 논에선 개구리들이 합창을 합니다.

낫을 들고 대문 밖으로 나가신 아버지는 들쑥을 한 아름
베어다가 모깃불을 피웁니다.

하얀 연기와 함께 들쑥이 타오르고 어머니는 우물물에 담
가두었던 수박을 '쩍쩍' 갈라 내오십니다.

2.

잎담배를 따는 날에는 밤늦게 까지 일을 합니다.

잎담배를 건조실에서 말리기 위해 한 잎 한 잎 새끼줄로
엮어 매달아야 하기 때문이죠.

막걸리 한 사발과 수북히 퍼놓은 밥을 뚝딱 먹어치운 어른들은 또 다시 일을 하러 나가십니다.

이런 날이면 동동이는 마루에 혼자 앉아 TV를 봅니다. 안테나가 없는 시골의 흑백 TV는 채널이 한 개밖에 나오질 않습니다.

이상하게도 어른들이 늦게까지 일을 하는 날이며 TV에선 꼭 <전설의 고향>을 방영합니다.

그때 <전설의 고향>이 얼마나 무서웠는지 아시죠?

동동이는 이불을 머리까지 뒤집어쓰고 <전설의 고향>을 봅니다.

어두컴컴한 마당에선 금방이라도 귀신이 튀어나올 것만 같고 동동이는 아예 이불 속으로 쏙 들어가 몸을 숨겨버리곤 했습니다.

3.

보름달이 휘영청 밝은 날이면 저녁을 먹은 동네 아이들이 하나둘 마을 공터로 모여듭니다.

가위 바위 보를 해 술래가 된 아이 혼자 벽을 향해 서고 나머지 아이들은 멀찌감치 떨어져 한 줄로 길게 늘어섭니다.

술래가 벽에 머리를 대고 "무궁화 꽃이 피었습니다"라고 노래를 부르면 아이들은 술래 몰래 한 발작씩 앞으로 갑니다.

술래는 재빨리 "무궁화 꽃이 피었습니다" 노래를 부르고 움직이는 아이를 잡아냅니다. 동작이 빠른 아이들은 재빨리 멈춰 서지만 그렇지 못한 아이들은 술래에게 걸려 술래와 새 끼손가락을 걸고 한 줄로 늘어서지요.

마지막까지 살아남은 아이는 술래 가까이 다가가 술래가 걸어놓은 새끼손가락을 툭 끊어놓고 잽싸게 도망을 갑니다.

그러면 술래도 재빨리 뒤로 돌아 아이들을 붙잡게 되지요.

미리 정해놓은 선 안으로 들어오기 전에 술래에게 잡히면 그 아이가 다시 술래가 됩니다.

이렇게 한참동안 놀이를 합니다. 나중엔 "움직이는 걸 봤 다" "나는 안 움직였다"며 실랑이를 하기도 하지요.

<무궁화 꽃이 피었습니다>가 싫증이 나면 술래잡기를 합 니다.

술래는 1부터 100까지 눈을 감고 숫자를 세어야 하고 그 사이에 아이들은 술래가 못 찾을 정도로 꼭꼭 숨어버리지요.

숫자를 다 센 술래는 꼭꼭 숨어버린 아이들을 찾기 위해 사방을 헤집고 아이들은 술래에게 들키지 않기 위해 숨도 크 게 쉬지 못합니다.

술래에게 들켜도 뜀박질만 빠르면 살아남을 수 있습니 다. 술래가 숫자를 세었던 자리에 술래보다 먼저 도착하면 되지요.

하지만 아무리 찾아봐도 술래가 못 찾는 아이들이 있습니 다. 그러면 술래는 "못 찾겠다 꾀꼬리"를 외치고 술래에게 들 킨 아이들끼리 다시 가위 바위 보를 해서 새로운 술래를 정 하게 됩니다.

가운데 마을에 사는 종찬이는 한번도 술래가 된 적이 없습니다. 종찬이가 숨는 장소는 도랑 밑이나 캄캄한 산 속 등 어린아이들이 혼자서 가기엔 너무 어둡고 컴컴한 곳이지요.

그런데 어느 날은 종찬이가 영영 사라져 버렸습니다. 술래가 아무리 '못 찾겠다 꾀꼬리'를 불러도 도통 나오질 않는 것이었습니다.

아이들은 모두 걱정이 되어 온동네를 샅샅이 누비고 다녔지만 종찬이를 찾지는 못했죠.

동네아이들은 걱정에 찬 얼굴로 종찬이네 집으로 갔습니다.

걱정이 된 얼굴로 집을 찾아간 아이들은 종찬이 어머님의 "개 지금 잔다"라는 한마디에 그제서야 안도의 한숨을 쉽니다.

그렇지만 온동네를 누비며 찾아다닌 분이 풀리지 않아 다음 술래잡기 때는 종찬이를 빼놓고 하자고 굳게 약속을 하고 아이들은 집으로 돌아갑니다.

여름밤 그리고 별

8월의 뜨거운 더위는 밤이 되어도 식을 줄 모릅니다. 한낮에 데워진 공기가 방안을 더욱 답답하게 하고 등잔불만이 홀로 가물거립니다.

어머니는 문 창호지 절반을 떼어내고 장에서 사온 모기장을 방문에 붙여 놨지만 20도가 넘나드는 더위를 물리치기엔 역부족입니다.

방문이라도 활짝 열어놓고 싶지만 어머니는 모기가 들어온다며 방문을 꼭꼭 닫아놓습니다.

이런 날이면 아버지는 마당에 멍석을 깔고 시원한 돗자리를 그 위에 깔아 놓은 뒤 목침을 가지고 밖으로 나가십니다.

어머니는 밤이슬이 차다며 얇은 이불을 내오시고 동동이도 아버지 옆에 나란히 눕습니다.

양팔을 깍지껴 머리를 받쳐들고 밤하늘을 바라봅니다.

겨드랑이 사이로 시원한 바람이 솔솔 들어오고 밤하늘엔
무수한 별들이 반짝입니다.

여름 밤하늘의 별들은 시냇물의 모래알만큼이나 많습니다.

그 많은 별들이 우수수 쏟아질 것 같아 두 손을 모아 뻗어
봅니다. 그러면 별들이 점점 내게로 옵니다.

눈을 뜨고 한참동안 별을 바라보면 별은 어느새 손에 잡힐
듯 가까이 와 있습니다. 살짝 고개를 옆으로 돌리면 별들이
동동이의 작은 어깨에 걸려있는 별들이 보입니다. 앞에도 뒤
에도 옆에도 온통 별들이 반짝입니다.

동동이의 몸이 떠올라 별들 속에 있는 건지 별들이 내려와
동동이를 감싸고 있는 건지 알 길이 없습니다.

전화기와 할머니

 40여 호가 모여 사는 영청골에도 80년대 후반부터 본격적으로 전화가 보급되기 시작했습니다.

그전에도 전화가 있긴 했지만 마을회관에 딱 한 대뿐이 없었지요.

마을회관에 있던 전화기는 전화번호를 누르거나 돌리는 기능이 없는 까만색 민짜 전화기였습니다.

그럼 어떻게 전화를 했냐구요?

아주 간단합니다. 다이얼 기능이 없는 대신 까만 민짜 전화기 옆에는 'ㄴ' 자 모양의 조그만 막대기가 달려 있었습니다. 이 막대를 시계방향으로 여러 바퀴 돌린 뒤 수화기를 들면 교환원과 연결이 됩니다.

교환원에게 서울 0000번을 대달라고 얘기한 후 다시 수화기를 내려놓습니다.

20분 정도 시간이 흐른 후 까만 전화기가 "따르릉 따르릉" 소리를 냅니다.

"서울 연결됐습니다"라는 교환원의 상냥한 목소리가 흘러 나오고 곧이어 전화기 저편에서 서울에 있는 친척의 목소리가 들려 옵니다. 통화는 무척 간단하게 합니다.

전화기를 오래 붙들고 있으면 요금이 많이 나오니까요. 간단한 안부인사와 간략하게 용건을 말하면 바로 전화를 끊습니다.

전화기 옆에는 조그만 통이 놓여 있습니다. 전화를 끊고 교환원을 연결해 요금이 얼마 나왔냐고 물어본 뒤 전화요금을 요금함에 넣게 되지요.

시골에서 서울로 전화를 걸때는 이렇게 옆에 앉아 있다가 전화를 받으면 됐지만 서울에서 전화가 걸려올 때는 무척 바빠집니다. 논이나 밭에서 한참 일을 하고 있으면 이장님이 마이크로 안내방송을 합니다.

"동동이네 서울서 전화 왔습니다. 동동이네 서울서 전화 왔습니다" 이렇게 말이죠.

그럼 밭에서 일을 하다 말고 부리나케 마을회관으로 뛰어 갑니다. 마을회관으로 뛰어 가는 중에서 전화요금은 계속 오르게 되니 마음은 더욱 급해지지요. 손 씻을 겨를도 없이 흙 묻은 손으로 전화기를 집어듭니다.

서울로 고추장사를 나가신 할머니가 잘 도착했다는 전화입니다. 이번에도 역시 용건만 얘기하고 전화를 끊습니다.

그리곤 다시 밭으로 일을 하러 가시지요.

돌아 갈 때는 여유가 있습니다. 아버지가 마실 막걸리도 한 주전자 받아 가시고 시원한 물도 한 주전자 받아 가시지요. 이제 이런 풍경은 사라졌습니다.

영청골도 집집마다 전화가 놓여졌지요. 온 동네가 한번에 전화가 설치됐기 때문에 집집마다 전화번호가 차례대로 줄을 서 있습니다.

동동이네 전화번호가 877-5930이면 옆집이 877-5931 그 옆집이 877-5932 그 옆집이 877-5933 하는 식이죠.

집집마다 처음 전화가 설치되었을 때의 일입니다. 누군가의 입에서 전화를 처음 설치한 날은 아무리 많이 전화를 걸어도 요금이 안나온다는 말이 나왔습니다.

전화를 설치한 날은 공짜로 전화를 하게 해준다는 것이었습니다. 전화를 설치하고 나서 전화국에 가서 다른 작업을 해야 하는데 그때까지는 전화요금 계산이 안 된다는 얘기도 들렸죠. 이 얘기가 꽤 설득력 있게 들렸는지 집집마다 전화기를 설치하고 난 후 여기저기 전화를 하기에 바빴습니다.

친척들마다 모두 전화를 해서 '이제 우리도 전화기 있다'며 자랑도 하고 타동에 사는 친구에게 전화번호를 알려주기도 했습니다.

작은아들이 미국에 가 있는 박씨네는 오랜만에 마음놓고 전화통화를 했지만 다음 달, 동네 사람들은 생각보다 훨씬 많이 나온 요금 통지서를 받아들고는 큰 걱정을 해야 했지요.

요즘에는 아내가 시골에 계신 부모님과 자주 통화를 합니다. 이틀에 한번씩은 꼭 전화를 하죠. 별 다른 일이 없는데도 안부전화를 꼬박꼬박 챙기는 아내가 고마울 따름입니다.

아내가 전화를 할 때면 이제 네 살 된 딸까지 통화를 하겠다며 칭얼댑니다. 제 머리보다 훨씬 큰 전화기를 붙잡고 "할아버지 안녕하세요"하는 딸의 모습이 무척 귀엽기만 합니다.

막내도 통화를 하겠다며 칭얼거립니다. 아직 말을 제대로 하지 못하는 꼬마는 전화기를 붙잡고 "네, 네"만을 연발합니다. 그 모습이 얼마나 웃기던지요.

동동이는 부모님과 통화를 해도 무척 간단하게 합니다.

"별일 없으시지요?"

"그래. 거기도 별일 없지?"

"네"

"애들은 잘 놀고?"

"네. 지금 자요"

"아픈 데는 없냐?"

"네"

"그래 알았다"

"네"

그러곤 전화를 끊습니다. 그럼 아내가 벌써 통화를 다 했냐며 깔깔거립니다. 옛날부터 짧게 통화하는 것이 몸에 밴 모양입니다.

시골집에서 사시는 팔순이 넘은 동동이의 할머니는 아직도

정정하십니다. 요즘도 텃밭에 나가 풀을 뽑으실 정도입니다.

힘든데 집에서 쉬시지 뭐하러 나오셨냐고 핀잔을 주면 "이거 뽑아야지 냅두면 누가 뽑느냐"며 손자녀석의 걱정 정도는 들은 척도 안 하십니다.

이런 할머니가 딱 하나 서운한 게 있으십니다. 글을 깨우치지 못하셨다는 거지요. 가끔 할머니는 "내가 공부를 했으면 무지 잘했을 텐데"하며 그 시절을 못내 아쉬워하십니다.

글이나 숫자를 전혀 모르시는 할머니는 딸네 집에 전화를 걸고 싶어도 마음뿐입니다.

달력 뒷장에다 전화번호를 크게 써서 "이거하고 똑같이 생긴 거 누르면 된다"고 가르쳐 드려도 그뿐입니다.

동동이가 시골에 있을 땐 늘 "누구네 전화 좀 걸어달라"며 부탁을 하곤 하셨지요.

손자, 손녀가 모두 떠난 시골에는 팔순이 넘으신 할머니와 환갑이 넘으신 부모님만이 살고 계십니다.

할머니는 환갑이 넘은 아들과 며느리에게 딸네 집 전화 좀 걸어달라는 소리가 잘 나오질 않는 모양입니다. 참고 참다가 한번씩 어머니에게 "안성에 전화 좀 넣어다오"하며 부탁을 하신답니다.

그 모습이 안타까운 어머니는 가끔 시누이들에게 먼저 전화를 겁니다. 그리곤 할머니를 바꿔드리면 할머니의 주름진 얼굴은 마치 열아홉 처녀처럼 밝아집니다. 집에 앉아 타지에 사는 딸과 나누는 대화가 그렇게 좋으신가 봅니다.

담배와 꿩

 충청북도 음성은 고추농사와 담배 농사, 인삼밭이 많기로 유명한 곳입니다.

밭에 심어놓은 작물 중 90% 이상이 고추 아니면 담배, 또는 인삼밭이지요.

2차선 국도를 따라가다 보면 고추밭과 담배 밭, 인삼밭이 계속 이어져 있습니다.

담배는 보통 4월에 심어 8월 중순까지 밭에서 자랍니다.

6월 중순부터 담배 잎을 수확하기 시작해 일주일에 한번씩 8번 정도 담배 잎을 수확합니다.

햇볕이 따가운 8월이 되면 무상했던 담배 밭도 훤해집니다. 이제 막바지 수확만 남겨놓고 있지요. 어머님은 넓어진 밭고랑에 콩을 심기 시작합니다. 담배농사가 끝나면 콩을 키울 요량이지요.

8월의 따가운 햇살도 아랑곳하지 않고 하루종일 콩만 심으십니다.

호미를 손에 들고 모시적삼이 땀에 흠뻑 젖도록 쉬지 않고 일만 하십니다. 한 여름의 이글기리는 태양이 어머님 머리 위에서 더욱 기승을 부립니다.

허리 구부리고 앉아 일하는 것이 너무도 싫었지만, 따가운 태양 볕이 너무도 싫었지만 어머님은 힘든 내색 한번 안 하시고 하루종일 일만 하십니다.

오히려 동동이가 힘들까봐 '나 혼자 해도 되는데 뭐하러 따라 왔냐'며 '힘든데 그만 집에 들어가라'고 말합니다.

동동이는 '이딴 콩 뭐하러 심느냐'며 괜한 타박을 합니다.

이렇게 힘들게 심어놓은 콩을 꿩이란 녀석이 도둑질을 해 갑니다. 사람이 없는 틈에 밭고랑에 내려앉아 콩을 파먹고 있지요.

살금살금 밭에 들어가 이랑을 살펴보면 꿩이란 녀석이 정신없이 땅을 헤집고 콩을 파먹기에 바쁩니다.

밭이랑에 바짝 엎드린 낮은 포복 자세로 꿩과의 거리를 좁힙니다. 정신없이 콩을 파먹던 꿩은 사람 기척을 느끼곤 후다닥 달아나지요.

하지만 워낙 덩치가 큰 꿩은 바로 날아오르지 못하고 어느 정도 가속을 붙여야만 날아오를 수 있습니다. 꿩이 달아나기 시작하면 동동이도 있는 힘을 다해 꿩을 쫓아갑니다.

어느 정도 거리가 됐다고 생각하면 몸을 날려 꿩을 사로잡지요.

동동이가 잡아온 꿩으로 어머니는 꿩만두도 해주시고 꿩백숙도 해 주십니다. 쫄깃쫄깃한 꿩고기는 정말로 맛이 있지요.

요즘엔 꿩도 마음대로 잡지 못합니다. 허가를 받아야만 하지요.

그 시절의 깨끗한 자연과 순수한 사랑도 허가를 받으면 되돌려 놓을 수 있을까요?

여행길 1

 모내기를 마치고 나면 농사일이 약간은 한가해 집니다.

이맘때면 동네 어른들은 날씨 좋은 날을 택해 하루 정도 여행을 떠납니다.

아산만과 현충사를 다녀오기도 하고 용인 자연농원엘 다녀오기도 한답니다.

어느 해였던가요. 동네 어른들이 여행을 떠나기로 한날이 마침 공휴일이었습니다.

여행이란 걸 한번도 가보지 못한 동동이는 며칠 전부터 어른들의 여행길에 함께 따라 나서겠다고 떼를 썼습니다.

그날이 공휴일이라는 것을 알게된 어른들도 결국 그해 여행에는 아이들을 함께 데려가기로 결정했지요.

드디어 여행을 떠나는 날. 그런데 그날 따라 동동이의 몸에 이상이 생긴 겁니다. 전날 저녁부터 으슬으슬해 지더니 아침엔 이마가 뜨거울 정도로 열이 올랐죠.

하지만 아픈 내색을 할 수 없었습니다. 아프다는 걸 알면 틀림없이 여행을 못 가게 될 테니까요.

머리가 어지럽고 토할 것 같았지만 아무 내색도 하지 않고 관광버스에 올랐습니다.

하지만 버스에 타는 순간부터 몸이 더욱 아파 오기 시작했습니다. 시동을 켠 버스에서 나오는 이상한 냄새에 정신은 더욱 혼미해 지고 결국 뱃속에 있는걸 다 토해내고 말았지요.

깜짝 놀라신 어머니는 동동이에게 쓰디쓴 감기 약을 먹이시고는 "놀러갈 생각하지 말고 집에 있어라"고 한 마디 하십니다.

동동이가 괜찮다고, 약 먹었으니 이젠 괜찮다고 아무리 우기고 떼를 써도 소용이 없었습니다.

동네사람들은 태운 관광버스는 동동이와 어머님만 남겨둔 채 고갯길을 넘어가고 말았지요.

마음을 설레게 했던 동동이의 첫 여행길은 이렇게 끝나버렸습니다.

여행길2

고등학교를 졸업하고 흩어져 있던 시골친구들이 오랜만에 모였습니다. 종찬이와 혁기는 군대 간다며 휴학을 한 상태였고 동동이와 은택이도 휴학을 하고 있었죠. 서울로 올라갔던 창렬이와 혁성이도 시골로 내려와 있었습니다.

오랜만에 시골생활을 함께 하게된 친구들과 여행계획을 잡았습니다. 군대가기 전에 다 같이 한번 놀라가자는 말이 나왔고 모두들 이에 동의했습니다.

봄부터 열심히 돈을 모으기 시작했습니다. 1인당 20만원씩 경비를 내기로 했습니다. 여기저기 열심히 품을 팔러 다녔죠. 이 돈을 모으려면 한달 내내 품을 팔아야 했지요.

집안 농사일도 거들면서 여기저기 열심히 일을 하러 다녔습니다.

여행에 대한 계획이 구체화되고 서서히 마음이 들뜨기 시작했죠. 모내기가 끝나는 6월 초순에 바로 출발하기로 했습니다.

그런데 갑작스레 종찬이가 군에 입대하게 됐습니다. 영장이 나온 것이지요. 5월 초순, 우리들은 종찬이를 배웅해야 했습니다.

그리곤 드디어 6월 초. 날씨도 너무 화창한 날이었습니다. 동동이와 친구들은 이른 아침부터 여행 준비를 하기 시작했죠.

경비를 최대한 아끼기 위해 텐트를 가져가기로 했습니다. 동동이는 고모네 가서 텐트를 빌려오고 혁성이가 누나네 가서 텐트를 빌려 오기로 했지요.

그리곤 출발.

그런데 갑자기 은택이 어머니가 안 된다며 우리들의 여행길을 막으셨습니다. 은택이가 아프다는 겁니다. 이마를 만져보니 열이 펄펄 나더군요.

동동이와 친구들은 은택이를 만류했습니다. 놀러갔다가 아프면 더 고생한다고.

하지만 은택이는 친구들과의 여행에서 빠지기 싫었던 모양입니다. 부득불 가겠다고 우기더군요. 결국 무슨 일 생기면 바로 집으로 돌아오겠다며 은택이 어머니를 설득하고 길을 나섰습니다.

밤 10시에 청량리서 만나기로 하고 동동이는 창렬이, 은택이와 함께 안성에 있는 고모네 집으로 텐트를 빌리기 위해 떠났습니다.

쭉 뻗은 신작로를 버스는 신나게 달렸고 차창을 통해 들어오는 바람이 더욱 상쾌하게 느껴졌습니다.

그런데 은택이가 시간이 갈수록 점점 더 아파합니다. 안성에 도착해서는 아예 몸도 움직이질 못하는 겁니다.

결국은 안성도립병원에 실려가고 말았지요. 병원에서 나온 진단은 급성 폐렴. 이제 여행은 꿈도 못 꾸게 되었습니다.

어쩔 수 없이 다시 집으로 돌아가게 되었지요. 하지만 청량리서 만나기로 한 혁성이와 혁기는 어떻게 하고요? 전화가 없어 연락할 길도 없으니 무척 난감한 상황이었지요.

일단 은택이를 고모께 맡기기로 했습니다. 고모도 시집가기 전에는 우리 시골 영청골에서 살았기 때문에 은택이를 잘 알고 있지요.

고모께 은택이 괜찮아지면 집에 돌려보내 달라고 부탁하고 떨어지지 않는 발걸음을 돌렸습니다.

청량리에 도착한 건 12시가 가까워서였지요. 한 걱정을 하고 있던 혁성이와 혁기는 아무 일 없이 서울에 도착한 동동이를 보고는 반가워서 어쩔 줄 몰라 했습니다.
그해 여행은 동동이, 혁성이, 혁기, 창렬이 이렇게 넷이서 떠났습니다. 원주-설악산-속리산-화양 계곡을 돌아 열흘만에 집으로 돌아왔지요.

은택이는 언제 아팠냐는 듯이 말끔히 나아 있었고 같이 여행을 가지 못한 것을 내내 아쉬워했습니다.

서울나들이

 할머니가 서울에 있는 작은아버지 댁에 다녀오시기로
했습니다.

서울나들이가 하고 싶은 동동이는 "나도 데려가 달라"며
떼를 쓰기 시작합니다.

할머니는 "방학숙제 다하면 데려가마"하고 약속하십니다.

그날부터 동동이는 노는 것도 잊은 채 열심히 방학숙제를
합니다.

시원한 대청마루에 배를 쭉 깔고 드러누워 '방학생활'을 반
나절만에 다 풀고 그림 그리기도 열심히 합니다. 하지만 그
많은 방학숙제를 며칠만에 다 하기란 불가능하죠. 만들기도
해야 하고 독후감도 써야 합니다.

숙제는 산더미처럼 많은데 할머니가 서울에 가실 날은 하

루하루 다가옵니다. 어떡하든 서울 나들이를 하고 싶은 동동이는 이런저런 핑계를 댑니다.

독후감은 서울에 가서 책을 읽고 써야 되고 만들기는 미리 만들어 놓으면 부서지기 때문에 안 된다고 핑계를 댑니다. 할머니도 이번엔 동동이를 데려가실 요량인지 아무 말씀 안 하시고 가방에서 멀미약을 꺼내 불쑥 내미십니다.

"이거 먹어야 돼?"

조그만 병에 담겨져 있는 멀미약은 냄새가 심하고 맛도 이상해서 먹기가 여간 고역이 아닙니다.

"이거 먹어야 서울 가지"

"나 이제 멀미 안 하는데..."

"어여 먹어"

"........."

"안 먹으면 서울 안 데려간다"

할머니의 이 한마디에 동동이는 꼼짝도 못하고 코를 막고 쓴 멀미약을 꿀꺽 마십니다.

아침부터 부산을 떤 덕분에 10시쯤 집을 나설 수 있었습니다.

7월의 태양이 뜨겁게 내리쬐는 시골길을 할머니와 동동이는 터벅터벅 걸어갑니다. 새들도 배가 고픈지 아무런 움직임이 없고 나무며 풀들도 축 늘어져 있습니다.

바람 한 점 없는 시골길을 30분 정도 걸어서 시외버스 터미널에 도착합니다.

서울로 가는 버스는 30분을 기다려서야 겨우 도착합니다. 울퉁불퉁 시골길을 흙먼지를 날리며 버스는 달려가고 창문을 통해 들어오는 시원한 바람이 이마에 흐른 땀을 식혀줍니다.

곧게 뻗은 가로수가 차창 밖으로 휙휙 지나가고 멀리 보이는 논과 산도 차창을 스치며 지나갑니다.

차창 밖 풍경을 바라보며 들뜬 기분도 잠시, 심하게 흔들리는 버스가 동동이의 속을 울렁거리게 합니다.

심호흡도 해보고 창문 밖으로 머리를 내밀어 시원한 바람을 맞아보기도 하지만 한번 뒤집혀진 속은 좀체 가라앉질 못합니다.

"할머니 나 토할 것 같애"

할머니는 가방에서 까만 비닐봉투를 꺼내 동동이에게 쥐어줍니다.

"엿다 토해. 버스에다 토하지 말고"

버스가 달릴 때는 그래도 괜찮지만 급정거를 하며 버스가 멈춰 서자 동동이는 기어코 토악질을 해댑니다.

한번 멀미가 시작되자 좀처럼 멈추질 않습니다. 결국 속에 있는걸 다 토해내고 나중엔 헛 토악질만 합니다. 그렇게 멀미를 하다 지쳐 잠이 듭니다.

얼마나 잤는지 설핏 잠에서 깨어보니 버스는 벌써 서울로 들어서고 있습니다.

"할머니 이제 다 왔어"

"그려 조금만 더 가면 돼"

한숨 자고 나서인지 속은 아까보다 훨씬 편안해 졌습니다.

용산 터미널에서 내려 할머니 손을 꼭 잡고 따라갑니다.

"할머니 이젠 다 온 거야"

"그려. 여기가 서울이야"

"그럼 이제 버스 안타도 돼"

"아녀. 한번 더 타야돼"

"또 타? 우리 그냥 걸어가자"

"거기가 어디라고 걸어가"

"나 버스타면 또 멀미할거 같단 말야"

결국 할머니는 한강대교를 걸어서 건너가기로 합니다.

하지만 작은아버지가 살고 계시는 천호동까지는 도저히 걸어갈 수 없는 거리입니다.

한참을 걸어 노량진에 도착한 할머니는 버스를 타지 않겠다는 동동이를 억지로 끌고 버스에 오릅니다.

천호동에 도착한 동동이는 이미 기진맥진해 움직일 기력조차 없습니다.

작은어머니는 멀미에는 꿀물이 최고라며 시원한 꿀물을 타다 주십니다.

꿀물을 마시고 동동이는 편안하게 잠이 듭니다.

어린이대공원

 동동이가 처음 어린이대공원 구경 길에 나섰습니다.
작은아버지와 작은어머니, 할머니, 그리고 사촌 동생
들까지 모두 나들이에 나섰습니다.

　버스를 타고 가야 한다는 것이 맘에 걸렸지만 TV에서만
보아오던 어린이대공원엘 놀러 간다는 것이 버스에 대한 두
려움을 눌러 버렸지요.

　어린이대공원은 정말 많은 사람들로 붐볐습니다.

　풍선장수, 장난감을 파는 아저씨, 보글보글 구수한 냄새가
나는 번데기 등 입구에서부터 행상들이 즐비하게 늘어서 있
었지요.

　입구를 벗어나 공원 안으로 들어섰습니다. 육영수 여사가
만들었다는 어린이회관 구경도 하고 코끼리, 원숭이, 호랑이

도 구경했습니다.

동동이는 생전 처음 보는 동물들이 신기할 뿐입니다. 코끼리는 정말 코로 과자를 집어먹더군요.

"코끼리는 정말 코가 손인가 봐"

동물원 앞에서 한참을 서성이다 사진을 찍어주겠다는 작은아버지의 말에 모두들 코끼리 우리 앞에 한 줄로 쭉 늘어섭니다.

"찰칵"

수영장에 들어가 한참동안 물놀이를 하기도 하고 빙글빙글 돌아가는 놀이기구를 실컷 바라보기도 합니다. 그러다가 목이 마르면 수돗가로 달려가 입을 대고 꿀꺽꿀꺽 물을 마십니다.

점심때는 시원한 나무그늘에 앉아 작은어머니가 싸오신 김밥을 맛있게 먹었습니다.

집에 돌아갈 때도 버스를 타야 했습니다.

하지만 멀미가 무서운 동동이는 한사코 버스를 타지 않겠다고 우깁니다.

"난 걸어갈 거야"

"너 집에 오는 길 알아?"

"그럼요. 아까 버스 타고 오면서 다 봐뒀는걸"

"걸어가면 너무 오래 걸리니까 그냥 버스 타고 가자"

"싫어 난 걸어갈 거여"

결국 할머니와 동동이, 그리고 자신도 걸어가겠다고 우긴 여동생 한 명이 타박타박 걸어갑니다. 그렇게 몇 시간을 걸어 천호동에 도착한 때는 이미 해가 기울어 어둑해진 뒤였습니다.

어린이 대공원에서의 즐거운 기억은 아직도 생생합니다.

나무, 꽃, 책에서만 보아오던 동물들, 아름다운 분수대…….

휴일이면 아내는 가까운 공원에라도 다녀오자고 성화입니다. 피곤하다는 핑계로 늘 거절할 궁리만 찾았는데, 이제부터라도 가족들과 함께 자주 나갈 생각입니다.

우리 아이들도 이런 아름다운 추억을 간직할 수 있게 말이죠.

광나루

 사촌 여동생이 수영장엘 가자며 동동이를 유혹합니다.

"싫어 난 안 갈 거야"

"왜?"

"거기 갈려면 또 버스 타야 되잖아"

"아냐. 걸어가도 돼"

"정말?"

"그럼"

여자 애들만 보낸다는 것이 마음에 걸렸던 작은어머니도 동동이가 동행한다고 하자 흔쾌히 허락을 해 주십니다.

광나루는 어린이대공원에 비하면 훨씬 가까웠습니다. 시골에서 매일 먼길을 걸어다니던 동동이에게는 아무 것도 아니었지요. 강 건너가 희미하게 보일 정도로 넓은 강물이 소리도 없이 흐르고 강물 위로 '광진교'라고 불리는 긴 다리가 놓여져 있습니다.

광나루는 광진교 옆으로 강가에 넓게 퍼져 있는 백사장을 말합니다. 바닷가처럼 넓은 백사장이 한강변을 따라 길고 넓게 퍼져 있습니다.

한강에도 이런 백사장이 있다는 게 무척 신기하고 자랑스럽습니다. 여름이면 많은 사람들이 광나루를 찾습니다. 그때는 강물도 무척 깨끗하고 맑았지요.

가족 단위로 광나루를 찾아 몇 시간씩 물장구를 칩니다. 한강 고수부지도 없었을 때였고 광나루가 서울서 가장 큰 여름 휴양지였지요. 모두들 늘씬한 수영복을 입고 있지만 동동이는 반바지를 입고 있습니다. 시골에선 수영복을 입을 일이 없었으니까요. 집에서 입고 다니는 반바지를 입고 물 속에 풍덩 들어가 한참을 헤엄칩니다.

시골에서 방죽(자그만 호수)을 헤엄쳐 건너다니던 실력이 한강서도 여지없이 발휘됩니다.

공놀이를 하고 있는 사람들 사이를 헤집고 멋지게 수영을 합니다. 그 넓던 광나루도 이젠 모두 사라졌습니다. 넓고 부드러운 모래대신 반듯하게 꾸며진 고수부지가 한강변에 자리잡고 있습니다. 그토록 깨끗하고 좋은 환경들을 왜 없애버렸는지 이해가 안됩니다. 언제 다시 그런 풍경들을 볼 수 있을런지요.

가을 운동회

 9월로 접어들면서 시골 초등학교는 가을 운동회 준비
에 한창입니다.

70년대 초등학교의 가을운동회는(특히 시골은) 단지 학교
만의 행사가 아니었지요..

온 동네 사람들이 함께 뛰고 즐기는 축제의 한마당이었습
니다.

학부모들도 잠시 일손을 접어둔 채 아이들의 손을 잡고 학
교에 나와 운동회에 참석했습니다..

줄다리기나 달리기가 운동회의 단골메뉴였던 것처럼 학부
모들의 릴레이 달리기 역시 운동회의 흥을 돋궈 주는 훌륭한
게임이었지요.

학교 운동장엔 만국기가 휘날리고 정문 옆에는 각종 장난

감이나 과자 등을 파는 행상들이 즐비했어요.(그래봐야 고작 두 세 개였지만 그래도 그때는 무지 많아 보였답니다)

청군, 백군 나뉘어서 진행하는 운동회는 꼭 이겨야 한다는 경쟁심보다는 아이들과 어른들이 함께 어울려 한바탕 즐기는 놀이의 장이었지요.

운동회가 시작되기 전까지 학교에서 정말 많은 연습을 합니다.

여학생들은 '부채춤' 연습을 하고 남학생들은 '덤블링' 연습을 하죠. 곤봉체조도 하고 '따따따 어린 음악대'는 피리나 짝짝이 등을 가지고 '쿵짝 쿵짝' 음악을 연주합니다.

4학년 때였습니다.

동동이sp 학급에선 '인공위성'을 만들어 보기로 했지요. 철사로 틀을 만들고 그 위에 창호지를 덮어 안의 공기를 불로 뜨겁게 해 공중으로 띄워 보내는 기구 말입니다.

파한 가을 하늘에 둥실 떠오른 인공위성은 정말 멋있더군요. 그 속에 천진난만한 어린아이들의 꿈이 가득 들어 있었습니다.

그런데 운동회를 며칠 앞두고 그만 사고가 일어나고 말았습니다. 그날도 솜뭉치에 불을 붙여 인공위성 안의 공기를 데우고 있었는데 그만 심한 바람이 불어와 창호지 인공위성이 넘어지고 말았습니다.

바싹 마른 창호지는 정말 불이 잘 붙었고 그대로 옆에 계시던 선생님을 덮치고 말았지요.

선생님은 얼굴과 손등에 화상을 입고 병원에 입원하게 됐습니다.

정말 마음이 아팠습니다.

운동회가 끝나고 친구들과 함께 선생님 병 문안 길에 나섰습니다. 학교에서 병원까지는 어린이 걸음으로 한시간 이상 족히 걸리는 거리였습니다.

여섯 명의 친구들은 각자 선생님께 드릴 사과, 떡 등을 큼지막한 보자기에 싸들고 길을 나섰습니다.

아시죠? 그때는 종이가방 같은 게 없었다는 거. 그래서 집에서 흔히 쓰는 보자기에 싸들고 길을 나섰습니다.

병원엘 가다보면 다른 동네도 몇 개 지나야 하고 과수원도 지나야 했습니다. 그곳 과수원의 사과는 정말 맛이 있었지요. 물론 지나가면서 길가 가지 위에 열린 사과 몇 개 정도는 주인 몰래 따먹었지요.

그렇게 줄래줄래 한가하게 가을 바람과 햇살을 맞으며 걸어갔습니다.

그때 어떤 아저씨 두 분이 우리에게 어디 가냐고 묻더군요 (지금 생각해 보니 대학생이었던 것 같습니다). 그래서 우리는 선생님 병 문안 간다고 말했죠. 그랬더니 그 아저씨들은 '정말 착한 아이들이구나'라고 하시면서 저희들 사진을 찍어 주신다고 하더라구요.

저희는 사진기라는 걸 그때 처음 봤습니다.

여섯 명이 옆으로 길게 늘어서 사진을 찍었죠. 그리고 얼마 후 그 사진이 우편으로 발송돼 왔습니다.

여섯 명의 꼬마들이 똑같은 옷을 입은 채 손에는 보따리 하나씩을 들고 까만 고무신을 신고 천진하게 웃고 있지요.

지금도 그때 사진을 보면 절로 웃음이 나온답니다.

이 책 뒷표지에 살린 나무처럼 푸르고 산소처럼 깨끗한 사진 속의 꼬마들.

세상에서 가장 천진난만한 웃음이 그 속에 있습니다. 그 시절의 아름답고 순수한 모습을 영원히 간직하고 싶습니다.

추수

 시골에 계신 아버지한테 전화가 왔습니다.

"나다. 너 이번 주에 내려올 수 있냐?"

"네. 벼 벨려구 그러세요."

"그래. 힘들면 내려오지 말구"

"아니에요. 갈게요"

아버지는 내려오라는 전화를 하면서도 자식 힘들까 봐 내려오지 말라고 합니다.

이런 게 부모마음인가 봅니다. 당신은 모진 고생과 힘겨움을 감수하면서도 그저 자식 편하기만 바라시지요.

부모님의 한없는 자식 사랑에 가슴이 뭉클해집니다.

저도 옛날엔 잘 몰랐는데, 자식을 키워보니 부모 마음이 어떻다는 걸 조금은 알겠더군요..

그래서 항상 잘 해드려야지 하는 생각을 하면서도 실상은 그렇질 못해 안타깝습니다.

우리가 자식한테 해주는 것의 반의반만이라도 부모한테 할 수 있다면 좋을 텐데요.

서울에 살면서도 항상 시골이 그리워집니다.

정겨운 시골학교의 모습. 길가에 하늘거리는 코스모스. 누렇게 익어 가는 가을 들녘….

가을의 시골은 특히 더 정이 갑니다.

벼, 콩, 고추, 참깨, 고구마 등 온갖 곡식들이 추수하기 알맞게 영글어 가고 밤송이가 '툭'하고 벌어집니다. 한가하게 불어오는 가을 바람에 고추잠자리가 타고 놀고 메뚜기를 쫓는 아이들의 즐거운 웃음소리에 시골의 가을은 더욱 깊어갑니다.

여름내 땀흘려 일궈 논 곡식을 거둬들인다는 건 정말 큰 기쁨이자 무엇과도 바꿀 수 없는 보람입니다. 여름 뙤약볕에 흘린 땀방울들이 알알이 곡식으로 열렸을 때의 기쁨이란 말로 표현할 수 없지요.

요즘은 벼를 수확힐 때도 콤바인이라는 기계가 있어 벼를 베면서 동시에 탈곡까지 하지만 옛날엔 가을 추수를 하려면 보통 한 달은 걸려야 했습니다.

낫으로 벼를 베서 논바닥에 두고 보름간 말린 다음 다시 너른 마당으로 끌어들여(실어 나른다는 뜻입니다. 전 이게 표준말인줄 알았는데 서울에서 살던 사람들은 잘 모르더라고요.) 탈곡을 했지요.

벼를 실어 나를 땐 소달구지가 동원됐습니다. 시골에서 농사를 짓는 소는 성품도 순해서 어린아이가 끌고 다녀도 될 정도였습니다.

까마득히 볏짚을 실은 소달구지를 쫓아다니며 마냥 뛰어놀곤 했지요. 아주 순한 소는 우리 같은 어린아이들을 등뒤에 태워주곤 했답니다.

탈곡을 하는 날이면 온 집안이 정신이 없습니다.

어른들은 손발이 척척 맞아 들어가며 탈곡을 하고 아주머니들은 식사 준비하느라 정신이 없습니다. 초등학교에 다니는 아이들도 일찍 일어나 탈곡을 돕습니다. 바로 탈곡된 볏짚을 날라 놓는 일이지요.

빈 볏짚은 볏가리를 쌓아 두는데 이렇게 쌓아둔 볏가리는 추운 겨울 소의 먹이가 되기도 하고 난방에 이용되기도 합니다.

그리고 봄이 오면 초가지붕을 새로 고치는데 이용되기도 하지요.

그리고 아이들의 좋은 놀이터 장소로 이용됩니다.

가을은 이렇게 우리들 마음에 여유와 풍요를 주며 깊어갑니다.

콩

    "얼른 얼른 준비해. 차 밀리기 전에 내려가게"
    오랜만의 토요일 휴무. 아내가 시골이나 다녀오자는 말에 동동이가 서두르기 시작합니다.

아내는 "또 그런다"며 그렇게 있지 말고 애들 옷이나 입히라고 합니다.

12시쯤 집에서 출발했지만 고속도로는 이미 차량들로 꽉 막혀 있습니다.

파워핸들도 아니고 기어도 수동이지만 애들 등쌀에 뒷좌석에서 고생하는 아내보다는 동동이가 훨씬 편합니다.

4시 30분쯤 시골에 도착했습니다. 아버님과 어머님은 들기름 짜러 장에 나가셨다고 하더군요.

시골에 온 두 살, 세 살박이 녀석들은 즐거워 야단입니다.

'멍멍이'도 보고 싶고 마당에 널어놓은 팥에도 관심이 가는 모양입니다.

앞마당에는 지난번 벼를 추수하면서 실어다 놓은 콩더미가 그대로 있습니다.

부모님이 바빠 탈곡을 못하셨던 게지요.

"아니 콩을 아직도 안 떨었어"

팔순이 넘으신 할머니는 메주를 만드신다며 불을 지펴 콩을 삶고 있습니다.

"니 엄마도 얼마나 바쁜지 몰러"

할머니의 말을 들으며 콩을 탈곡할 준비를 합니다.

넓은 멍석을 마당에 겹쳐 깔아 놓고 탈곡기를 들어다 놓습니다. 콩이 멀리 튀지 않도록 탈곡기의 앞쪽과 양옆에 작은 멍석을 나무에 의지해 널찍하게 펴놓았습니다.

탈곡기는 발로 페달을 밟아 움직입니다. 페달을 밟으면 원통 모양의 탈곡기가 윙윙 돌아가지요.

빠르게 돌아가는 탈곡기에 콩 가지를 툭툭 비벼댑니다. 그러면 바싹 마른 콩이 '따닥' 거리며 노란 콩을 쏟아 냅니다.

장에서 돌아오진 어머니도 콩 타작을 도와주셨지만 워낙 늦은 시간에 시작해 해가 떨어지고 난 후에도 다 끝내지 못했습니다.

다음날 아침 6시에 일어나 다시 일을 시작했습니다. 11월의 시골 새벽은 벌써 찬 기운이 돌더군요.

이럭저럭 콩 타작을 모두 끝내고 나니 12시가 다 됐습니다.

아내와 같이 재 너머 밭에 가서 무를 한 포대 뽑아 왔습니다. 서울로 가져가 먹기 위해서죠.

언제 왔는지 옆집에 사는 동생녀석이 "일은 안하고 먹을 것만 챙겨간다"는 말로 인사를 전합니다.

할머니가 아침나절부터 만들어낸 소주(집에서 만든 소주예요)도 한 모금 마시고 방아도 찧고 해서 다시 서울로 출발합니다.

어머니는 그 와중에 파며, 사과며 이것저것 먹을 것을 잔뜩 싸 주시더군요.

저렇게 다 큰자식들 뒷바라지하시느라 정작 당신은 제대로 입지도 먹지도 못하십니다.

자식이 뭔지……

어릴 적 부모님 말을 지지리도 안 들었던 동동이의 가슴에 회한이 교차합니다.

너구리

벼를 베러 시골에 갔습니다.

일요일날 아침 5시에 서울에서 출발해 시골에 도착하니 7시가 조금 넘었더군요.

올해는 외삼촌과 같은 동네에 사는 용선이 형이 벼를 베기로 했습니다.

벼는 밤새 내린 이슬이 어느 정도 말라야 벨 수 있습니다. 그렇지 않으면 물기 때문에 벼를 말리기가 어렵거든요.

아침을 먹고 시간이 좀 남기에 건너마을 과수원에 갔습니다. 그곳 사과는 기가 막히게 맛있거든요.

확성기에서 흘러나오는 라디오 소리와 까치를 쫓기 위해 설치해 놓은 공포탄이 우리를 반겼습니다.

사과와 배를 한 상자씩 사고 주인아저씨가 따로 싸주는 사

과를 차에 싣고 집에 왔습니다. 옅게 긴 안개가 시골의 아침
을 더욱 신비스럽게 만들었답니다.

부랴부랴 집에 도착해 논으로 향했습니다.

용선이 형은 이미 와서 벼를 베고 있더군요.

요즘은 콤바인을 이용해 벼를 뱁니다. 벼는 콤바인에서 비
로 탈곡돼 자루에 담아집니다. 그리고 자루에 담아진 벼는
다시 경운기에 실어 건조장으로 옮기게 되지요.

아침해가 제법 솟았을 때쯤 참을 먹었습니다. 어머니는 돼
지고기를 푹 삶아 내오시고 막걸리도 두어 병 갖고 오셨습니
다. 아침에 사온 사과와 배도 갖고 오셨구요.

저편에서 일하고 있는 우생이 형도 불렀습니다. 막걸리를
먹으면서 이런저런 얘기를 합니다.

우리 집은 벼를 늦게 베는 편이라 수확이 좀 늘었다고 하
더군요. 벼를 늦게 벨수록 알곡이 묵직해 지거든요. 하지만
서리가 내리기 전에는 수확을 해야 한답니다.

지난번 혁성이네 논에서는 너구리가 나왔다고 하더군요.
무척 큰놈인데 놓쳤다며 무척 아쉬워했습니다.

너구리가 들쥐를 잡아먹기 위해 바싹마른 논에 들어온 것
이지요. 용선이 형은 우리 논에도 틀림없이 너구리가 있을
거라고 했습니다.

이천에 살고 있는 매형도 추수를 도운다며 내려왔습니다.
일부러 휴가를 받았다면서요.

누렇던 논은 어느새 벼 밑둥이만 남겨둔 채 깔끔이 치워

지고 있었습니다.

한 논에 있는 벼를 다 베었을 때였습니다.

"너구리다" 콤바인을 운전하고 있던 용선이 형이 외쳤습니다.

그 소리를 듣고 주위에 있던 사람들이 모두 모였지요.

너구리 두 마리가 벼 사이에 숨어 있다가 더 이상 숨을 곳이 없자 뛰쳐나온 겁니다.

너구리를 빙 둘러 포위해 나갔습니다.

위험을 느낀 너구리는 이리 저리 빙빙 돌며 어쩔 줄 몰라하다가 우생이 형이 있는 곳으로 달아났습니다.

마침 굵고 긴 나무를 가지고 있던 우생이 형이 있는 힘껏 너구리를 내려 쳤지요.

그런데 그만 나무가 삭았던 모양입니다. 너구리 허리에 정통으로 맞췄지만 그 순간 굵은 나무가 뚝 부러지고 말았습니다.

너구리는 "깨갱"소리를 한번 내더니 그냥 도망가 버리고 말더군요.

산 위에까지 쫓아갔지만 결국 놓치고 말았습니다.

작년에 옆집 병기네는 두 마리나 잡았다고 하던데….
아쉬웠지만 어쩔 수 없었지요.

오후 4시쯤 벼를 다 베고 서울로 향했습니다.

몸은 피곤했지만 기분만큼은 정말 좋았답니다.

이웃

먹을 것이 넉넉하지 못했던 시절. 시골에서는 제사 음식을 이웃들과 나눠 먹는 풍습이 있었습니다.

동동이도 어렸을 적 제사를 지낸 기억이 납니다. 서울에서 직장을 다니던 작은아버지는 밤이 한참 깊어진 후에나 시골에 도착하셨죠.

어린 동동이는 밤늦게 지내는 제사 시간을 기다리지 못해 사랑방에서 얼핏 잠이 들곤 합니다.

제사가 있는 날엔 먹을 것이 무척 많았답니다. 어머니는 낮부터 제사음식을 만드시죠. 전을 부치고 고기를 삶고 국을 끓이고 합니다.

학교에서 돌아온 동동이는 옆에서 침을 꼴깍 삼키지만 어머니는 제사 끝나면 먹어야 한다고 야멸차게 동동이를 외면

합니다. 기껏해야 전을 한 두개 얻어먹을 정도였지요.

제사가 끝나고 나면 온 가족이 둘러앉아 오랜만에 맛있는 음식을 배불리 먹습니다.

하지만 이웃에게 나눠주는 것이 먼저이지요.

어머니는 접시를 꺼내놓고 부침개 반이, 떡 한 조각, 전 몇 개, 고기 몇 조각을 모든 접시에 똑같이 담아냅니다.

그러면 동동이는 접시를 들고 앞집으로 뒷집으로 음식을 날라댑니다.

시골의 깜깜한 밤길이 무서웠지만 곧 맛난 음식을 먹게 된다는 설레임에 무서움 따위는 충분히 이겨낼 수 있었습니다.

동동이가 음식을 갖고 이웃집에 찾아가면 아주머니는 뭐, 이런 걸 다 주느냐 하시면서 무척 고마워하십니다.

그렇게 이웃들하고 음식을 나눠 먹었습니다. 다른 집들도 제사가 있는 날이면 어머니가 하시던 것과 똑같이 음식을 담아 저희 집에 전해주곤 합니다.

누구네 제사가 있다고 하면 그날은 하루종일 가슴이 설레게 마련입니다. 제사가 끝나면 맛난 음식을 가져다 줄 테니까요.

동동이는 졸음이 쏟아져도 맛난 음식을 생각하며 졸음을 쫓아냅니다. 그러다가 저도 모르게 잠이 들지요.

아침에 일어나면 어머니는 이웃집에서 건너온 맛난 음식을 하나도 드시지 않고 그대로 두셨다가 동동이에게 줍니다.

철없던 동동이는 그걸 얼마나 맛나게 먹었는지 모른답니다.

먹을거리가 없던 그 시절, 하지만 이웃간의 정은 무엇과도 비교될 수 없을 정도로 두터웠지요.

서울생활을 시작하면서 이웃간의 정이 점점 사라짐을 느낍니다. 한 건물에 살고 있으면서도 얼굴도 모르는 경우고 허다하지요.

하지만 동동이는 서울에서도 이웃하고 친하게 지낸답니다. 옛날처럼 제사음식을 나눠주지는 못하지만 서로 자주 왕래를 하며 이웃간의 정을 쌓아갑니다.

지난번엔 옆집 아줌마가 깻잎이 맛있데 무쳐졌다며 가지고 오더군요.

동동이도 가끔 시골에 가면 온갖 과일이나 채소 등을 가지고 와 이웃들에게 나눠줍니다.

호박이나 고추 등을 가지고 와 함께 나눠 먹습니다.

지난번엔 탐스럽게 익은 자두를 잔뜩 따 갖고 와 동네 사람들에게 나눠줬습니다. 집 앞에 자리를 펴고 지나가는 사람들에게 한 바가지씩 퍼 줬지요.

우리 동넨 비록 서울이지만 이웃간에 이처럼 다정하게 지낸답니다.

중갱이

그가 언제부터 우리동네에 나타나기 시작했는 지는 정확히 모릅니다. 단지 어릴 때부터 어렴풋이 그를 본 기억이 날 뿐입니다. 내가 그를 정확히 기억하기 시작한 건 초등학교 4학년 때부터입니다.

부모님이 들에 나가셔서 아직 돌아오지 않은 해스름녘의 여름날 그는 내 앞에 선명히 모습을 드러내었습니다. 작달만한 키에 한쪽 다리를 약간 절룩거리며 오른쪽 팔은 심하게 굽어져 움직이질 못하고 있었습니다. 옷은 언제 빨았는지 모를 정도로 더러웠으며 그나마 다 헤어져 있었습니다.

어둑해진 날씨에 그림자처럼 소리 없이 대문 안으로 들어서는 그의 모습은 어린 동동이에게 공포감을 안겨 주기에 충분했습니다.

도망치듯 방안으로 숨어서 절룩거리며 마당을 배회하는 그를 문 틈새로 지며보며 부모님이 돌아오시길 기다리던 기억은 지금도 또렷이 뇌리에 남아있습니다.

그는 마치 제 집인 양 헛간을 열어보기도 하고 외양간에 매어 있는 소를 뚫어지게 쳐다보기도 하는 등 집안 구석구석을 살피고 다녔다.

한참을 그렇게 배회하던 그는 또 한참을 툇마루에 걸터앉아 있다가 돌아가려는 듯 몸을 일으켜 세웠습니다. 그가 막 대문을 나서려는 순간 부모님이 돌아오셨고 아버지는 대문을 나서려는 그를 다시 집안으로 불러들였다.

"중갱이가 왔는데 그냥 보내면 되나. 밥은 먹고 가야지. 그래 그 동안 어디 가 있었어?"

"무극에 있었어요. 겨우 내내 거기 있었지. 오다가 덕산에도 몇 개월 있었고. 그… 큰 대추나무집 노인네 있잖아요?"

"아! 김영감. 왜? 무슨 일 있나?"

"죽었어요. 지난겨울에"

"아니 왜?"

"뒷간에 갔다오다 쓰러졌는데 그 길로 못 일어났지. 윤씨도 죽었어. 마누라 속만 지겹게 썩이더니…"

"술 타박이 윤씨?"

"응"

아버지는 중갱이라고 불리는 그 사내를 오래 전부터 알고 있었던 모양입니다. 마치 오랜 친구를 만난 것처럼 허물없는

대화를 주고받았고 중갱이는 타지의 소식을 속속들이 전해
주었습니다.

"덕산 쪽에는 작년에 탄저병이 돌아서 고추농사 망쳤어요"

"그래. 그러면 올해 우리 동네가 위험하겠는데…그러지 않
아도 약을 치려고 했는데 서둘러야 겠구면"

어머니가 늦은 저녁상을 들고 와서야 두 사람의 대화는 끝
이 났습니다. 중갱이와 같이 밥을 먹기가 무서웠던 동동이는
배가 아프다는 핑계로 그날 저녁을 쫄쫄 굶어야 했습니다.

그 이후로도 중갱이는 우리 동네에 자주 모습을 드러내었
다. 여름 내내 동네를 어슬렁거리며 이 집 저 집을 마음대로
드나들었으며 잔심부름도 곧잘 해주었습니다.

절룩거리며 제대로 걷지 못하는 중갱이를 아이들은 병신이
라고 놀려됐으며 길가의 돌멩이를 집어던지기도 했습니다.

그런 우리에 대한 복수인지 몰라도 중갱이는 우리가 빨가
벗고 개울에서 물장구를 칠 때면 아무렇게나 벗어 던진 옷가
지를 홀랑 집어다 숨겨버린곤 했습니다.

그런 날이면 우리들은 손으로 그곳만을 간신히 가린 채 어
딘가에 감춰져 있을 옷가지를 찾아 온 동네를 헤매고 다녀야
했죠.

개울건너 노랗게 익어 가는 참외밭도 그해 여름엔 아이들
의 장난기 어린 서리를 허락하지 않았습니다. 참외밭 주인의
부탁을 받은 중갱이기 늘 그 밭을 지키고 있기 때문이었죠.

아이들은 중갱이가 얼핏 잠이든 틈을 타 참외를 서리하곤

했지만 웬 잠귀가 그리도 밝은지 중갱이는 그 때마다 어김없이 "이놈들"하고 불호령을 치며 절뚝절뚝 달려나옵니다.

아이들은 애써 딴 참외를 모두 버리고 줄행랑을 놀 수밖에 없었죠.

멀찌감치 도망간 아이들은 숨을 헐떡거리며 "야 병신아, 여기까지 쫓아와 봐"하며 중갱이를 놀려대곤 했습니다.

중갱이와 우리들의 관계는 그 이후로도 한참동안 계속되었습니다.

"나이든 사람을 놀리면 못쓴다"며 어른들은 우리들을 나무랐지만 그런 건 별반 효험이 없었죠.

중갱이가 우리 또래의 아이들에게 동시에 놀림과 무서움의 대상이 되었던 반면 어른들에겐 이웃에 사는 가까운 사람의 하나로 자리잡고 있었던 모양입니다.

가끔 며칠씩 동네를 떠났다 온 중갱이는 어김없이 타지의 소식을 전해주었고 농사일이 바쁠 때면 불편한 몸을 아끼지 않고 일손을 도와주곤 했습니다. 그런 중갱이에게 어른들은 때가되면 밥을 챙겨 주었고 우리에게도 잘 사주지 않는 새 옷을 사다주기도 했죠.

그렇게 몇 년 동안 중갱이는 우리동네에 나타나 몇 달 동안 머무르다가 갑자기 사라져 버리는가 하면 어느 날 홀연히 다시 나타나기도 했죠.

중갱이와의 만남이 뜸해지기 시작한 건 동동이가 고등학교를 타지에 나가 다니면서부터입니다.

방학 때면 가끔 고향을 찾기도 했지만 중갱이의 모습은 찾아볼 수 없었습니다.

중갱이에 대한 기억이 조금씩 희미해져 가고 더불어 동동이의 모습도 변하기 시작했습니다.

그 동안 동동이가 살던 고향 옆으로 고속도로가 뚫리고 어릴 때 물장구를 치던 개울은 반듯하게 바뀌었으며 희뿌연 연기를 내뿜는 공장이 들어서는 등 고향의 모습도 변해갔습니다.

그리고 TV에선 모 지역에 연쇄살인이 발생했다는 소식과 무장공비가 출현했다는 소식이 전해졌으며 실업자가 늘어난다는 소식도 들려주었습니다. 몇 번의 선거가 있었고 대통령도 여러 번 바뀌었습니다.

내가 중갱이를 다시 만난 건 몇 해 전입니다.
직장생활에 찌들려 있다가 다시 찾은 고향은 옛날의 모습은 아니었지만 그래도 나름대로 정취를 간직하고 있었습니다.

버스에서 내려 장날이라는 것을 깨닫고 오랜만에 장 구경을 하러 나섰다가 아주 우연히 중갱이를 다시 만나게 되었습니다.

시골장터의 허름한 식당에서 막 문을 열고 나온 중갱이의 모습은 초등학교 4학년 때의 모습 그대로였습니다. 단지 나이를 짐작할 만큼 얼굴에 주름이 늘었다는 사실을 제외하고는. 동동이는 중갱이를 알아봤지만 중갱이는 이미 다 커버린 동동이를 알아보지 못했습니다.

중갱이를 봤다는 얘기를 하자 아버지는 "그래" 하며 아련한 옛날을 생각하는 듯 눈을 지그시 감았습니다.

"애들도 꽤 컷을 텐데."

뜬금 없는 아버지의 말에 의아해 하는 눈짓을 보이자, "중갱이 애들 말야. 대학교 다닌다고 하던데"하며 담배를 꺼내 무셨다.

점점 커가면서 옛날이 자꾸 그리워집니다. 순수하고 깨끗했던 그때 말입니다. 그만큼 나이가 들었다는 증거일까요.

가만히 생각해 보면 모든 것은 그대로 있는데 동동이만 변해버린 느낌입니다.

낯선 손님

 우리가 살고 있는 2001년, 서울의 모습을 가만히 생각
해 봅니다.

모두들 정신없이 바쁘게 살고 있습니다.

하지만 그 바쁨 속에는 여유가 없고 타인에 대한 배려나
이해가 없습니다.

모두들 자기만의 성을 쌓아놓고 그 성을 굳게 지키고 있지
요. 행여 누가 자신의 성에 근접해 오기라도 하면 바로 적대
감을 드러냅니다.

옛날을 생각해 봅니다.

동동이가 살던 시골마을은 모두가 하나의 공동체였지요.
힘든 일은 함께 돕고 즐거운 일은 함께 나누는 그런 동네였
습니다.

낯선 사람이 와도 적대감을 드러내지 않았습니다. 오히려 그 손님이 편안히 쉬다 갈 수 있도록 따뜻하게 대해 주었지요.

옛날 시골에는 '보따리 장수'라는 게 있었습니다. 큰 보따리에 이것저것 생필품을 담아 이 동네 저 동네 돌아다니며 물건을 파는 사람들을 말하지요. 동동이네 시골에도 보따리 장수 아줌마들이 많이 왔습니다.

아침 일찍 동동이네 동네에 도착한 아주머니는 집집마다 돌아다니며 보따리 속에 들어 있는 물건들을 팔곤 했지요.

그 보따리에는 할머니가 쓰시는 머릿기름부터 시작해 어머니의 동동구리무. 작은 손거울. 아버지의 따뜻한 겨울장갑까지 없는 게 없었답니다. 물건을 산다고 해서 반드시 돈으로 값을 치르지 않았습니다. 콩을 주기도 하고 팥을 주기도 했지요. 어떨 땐 다음 해로 값을 미루기도 했습니다. 그렇게 온 동네를 돌아다니고 나면 벌써 어두워집니다.

이미 해가 기운 어두운 저녁, 보따리장수 아주머니가 동동이네 대문을 밀치고 들어옵니다. 그러면 어머님은 따뜻한 밥한 상을 차려주고, 아주머니가 가져오신 여러 물건들을 구경하지요.

저녁을 먹은 아주머니가 '가봐야 된다'며 자리에서 일어서면 어머니는 '이 밤중에 어딜 가냐고. 자고 내일 가라고' 아주머니를 붙드십니다.

불빛 하나 없는 시골길은 정말 어둡습니다. 그 길을 아주머니 혼자서 가신다는 너무 위험합니다.

어머니와 아주머니는 세상사는 이야기를 함께 주고받으며 밤이 깊은 줄 모르십니다. 그 소리에 취한 동동이가 소르르 잠에 취합니다.

　다음날, 문 창호지를 뚫고 아침 햇살이 방안을 가득 비칠 때 눈을 뜹니다. 보따리장수 아주머니는 이미 떠나신 지 오래입니다. 들에 나갔다 오신 어머니가 아침상을 차리며 '밥이라도 먹고 가지 뭐 급하다고 벌써 가누' 하시며 중얼거리십니다.

밥상을 들고 오시던 어머니는 보따리장수 아주머니가 두고 간 조그만 손거울을 발견합니다.

'이건 또 왜 놓고 갔어'

하지만 그게 아주머니의 고마움의 표현이란 걸 잘 알고 있습니다.

불과 이십 년 전의 일입니다. 그 때는 낯선 사람이 와도 선뜻 대문을 열어 주었고 따듯한 밥 한 상을 차려 주었습니다. 그 시절이 그리워집니다.

이웃끼리 서로 싸우고 조금이라도 자기 집에 피해가 오면 욕을 하고 삿대질을 하는 요즘 세상을 보면서, 남의 집 자식인데 내가 무슨 상관이냐, 우리 애들이나 잘 키우자고 생각하는 편협된 마음들을 보면서 그 시절을 생각해 봅니다.

사람 사는 정이 느껴지는 옛날이 더욱 그리워집니다.

홍시

단감을 한입 베어 뭅니다. 부드럽고 달콤한 양이 입안 가득 전해옵니다. 사무실에 있는 후배가 시골에 다녀왔다며 한아름 가져온 단감을 모든 직원이 빙 둘러앉아 깎아 먹고 있습니다.

동동이가 사는 시골은 감 농사가 잘 되질 않습니다. 사과나 배 등 다른 과일은 풍성하게 열리는데 유독 감나무만은 잘 열리질 않습니다.

하지만 외할머니네 동네는 감나무가 지천으로 널려 있었습니다. 어느 해는 감이 너무 많이 달려 가지가 떨어져 나갈 정도였지요.

동동이네 집에서 외할머니네 집까지는 걸어서 삼십 분 거리입니다.

해질녘까지 친정에 다녀오시려는 어머니의 빠른 걸음을 어린 동동이는 뛰다시피 쫓아갔지요. 추수가 끝난 시골 들녘엔 싹둑 잘리어진 벼 밑둥치만이 앙상하게 솟아 있고 이삭을 주워 먹던 참새 떼들이 발걸음에 놀라 '후드득' 날아갑니다.

저 멀리선 빈 볏짚을 실어 나르는 농부의 손놀림이 분주합니다.

외할머니네 집은 오르막길을 다 올라야 있습니다. 동동이가 힘겹게 오르막길을 오르고 있노라면 어느새 나오셨는지 작은외숙모가 "우리 동동이 왔네"하면서 번쩍 안아 올리십니다. 그 품이 얼마나 따뜻하고 정겨웠던지요.

오랜만에 만난 외할머니와 어머니는 세상사는 이야기에 열중이고 외숙모는 부엌에 들어가 음식준비에 여념이 없습니다.

집밖으로 나온 동동이는 논둑이나 밭둑 심지어 산 밑자락까지 지천으로 널린 감나무의 홍시를 따먹으려 하지만 여의치 않습니다. 긴 막대기로 톡톡 건드려 보지만 여간해선 꿈쩍도 않습니다.

간혹 운이 좋아 감을 따는데 성공하지만 잘 익은 홍시는 땅에 떨어지자마자 곤죽이 되고 맙니다. 감나무 주인한테 들키기라도 하는 날에는 된통 혼이 나고 맙니다.

그 동네 친구들과 정신없이 놀다보면 어느새 저녁 먹을 시간입니다. 작은외숙모의 손에 이끌려 들어간 방안에는 김이 모락모락 나는 밥상이 차려져 있습니다.

맛있는 저녁밥을 먹고 외숙모가 설거지를 하시러 부엌으로 들어가시면 외할머니는 창고에 고이 간직해 놓은 홍시를 가지고 들어오십니다.

"이거 우리 동동이 줄려고 남겨뒀지. 어여 먹어"

말랑말랑한 홍시는 외할머니의 사랑까지 더해져 더욱 달콤하고 맛있습니다.

군불을 지펴 따뜻해진 방안에서 동동이는 어른들의 이야기 소리를 자장가 삼아 잠이 들어 버리고 그런 동동이를 등에 업고 어머니는 캄캄한 시골길을 걸어 집으로 돌아갑니다.

친정 집을 지척에 두고도 마음놓고 하룻밤 주무셔 보지 못한 어머니. 이젠 친정 집에 돌아가 며칠이고 머물다 올 수 있지만 그럴 외할머니가 안 계셔 어머니의 마음은 더욱 을씨년스러운지 모릅니다.

봉천동의 꿈과 희망

동동이가 아주 어렸을 때입니다.

시골에서 농사를 지으시던 아버지는 '농사일이 힘들다'며 집안의 재산목록 1호인 '소'를 팔아 서울로 올라오셨습니다.

동동이네 식구는 봉천동 달동네의 허름한 판자 집에 터를 잡았지요. 하지만 시골서 농사만 짓고 살아오신 아버지가 서울에서 할 수 있는 일은 그리 많지 않았습니다.

직장을 구하기 위해 몇 달 동안 서울 곳곳을 돌아다녔지만 특별한 기술도 없고 이미 서른이 넘은 아버지를 직원으로 채용하는 회사는 없었습니다. 가지고 온 돈도 다 떨어지고 식구들은 하루하루 끼니를 걱정하며 살아야 했습니다.

아버님은 멸치장사도 해보고 고무줄 장사도 해보는 등 먹고살기 위해 갖은 노력을 다 하셨지만 장사가 그리 쉬운 게 아니었습니다.

순박한 시골 가족이 서울서 살아 남기란 너무 힘들었습니다.

한번은 아버지의 사촌 동생이 다니러 왔답니다.

그 분도 직장을 구하지 못해 허송세월을 보내는 중이었지요. 저희 식구 먹고살기도 힘든 시절이었지만 어머니는 집에 찾아온 손님을 그냥 보낼 수 없으셨습니다.

그날 어머니는 우리 세 식구의 마지막 남은 양식인 국수를 삶았답니다. 하지만 국수가 워낙 적어 손님상까지 차리기엔 무리였습니다. 결국 국수를 퉁퉁 불려 두 그릇을 만들어 방에 들여놓았지요. 그리고 나서 한참을 우셨습니다.

당장 먹을 끼니도 없이 하루하루 힘든 생활이 계속되었습니다.

당신들이야 굶어도 괜찮지만 아이들까지 굶길 수밖에 없다는 것이 못내 가슴 아프고 슬픈 일 이었지요.

저희 집 바로 옆에는 이모댁이 살고 계셨습니다. 이모네도 그렇게 넉넉한 편은 아니었지만 끼니를 굶을 정도는 아니었지요.

어린 동동이는 이모 집에 가면 먹을게 있다는 것을 알았던 모양입니다.

자꾸 엄마 손을 끌고 "이모네 가, 이모네 가"하더랍니다.

그때 어머님의 가슴이 얼마나 메어졌을까요?

자신도 쪼들리면서도 이모는 항상 저희 집을 생각하셨습니다. 끼니를 굶으면 양식도 챙겨다 주고 어린 조카들한테도 잘 해주었지요.

자식들 끼니를 챙겨주지 못하는 안타까움에 어머니는 아버님께 시골로 내려갈 것을 종용했고 결국 아버지도 1년만에 서울생활을 청산하고 다시 시골로 내려갔습니다.

시골에서는 그래도 끼니를 굶는 일은 없었습니다.

그렇게 시골서 자랐지요. 그리고 대학 4학년 때 직장 생활을 하며 서울로 올라왔습니다.

동동이는 이모가 살고 계시는 봉천동에서 자취생활을 했습니다.

혼자 자취하는 조카를 이모는 친자식처럼 보살펴 주셨지요. 동동이도 그분을 어머님처럼 따랐습니다.

밥이 없으면 언제든지 이모님네로 달려갔지요.

직장에서 매달 받는 월급도 이모가 관리해 주셨습니다.

그렇게 5년을 살았습니다.

그러던 이모님이 몇 년 전 하늘나라로 가셨습니다.

남편과 자식들, 조카를 남겨 두고요. 그날 어른이 된 동동이는 얼마나 울었는지 모릅니다.

지금은 결혼을 했고 이모님 자녀들도 모두 결혼을 해 행복하게 살고 있습니다.

이 모습을 이모님이 보셨다면 정말 좋아하셨을 텐데요.

노란 은행잎

노란 은행잎들이 인도에 가득합니다. 아침 출근길에 만나는 인도의 노란 은행잎들이 동동 이의 기분을 새롭게 해줍니다.

노란 은행잎들이 사람들의 발걸음을 따라 나풀나풀 떠오릅니다. 한 자락 바람을 타고 아릿한 고향의 추억을 떠올리게 합니다. 그리운 얼굴, 그리운 풍경들이 노란 은행잎 사이로 떠다닙니다.

동동이네 시골에도 오래된 은행나무가 있었습니다. 아마 2 백년은 족히 넘었을 겁니다.

나지막한 초가지붕을 뒤에 두고 너른 들판을 바라보며 서 있는 노란 은행나무는 시골의 가을을 더욱 아름답게 해 주지요.

노랗게 물든 은행잎도 아름다웠지만 그것보다 더 동동이를 사로잡았던 건 탐스럽게 익어 가는 은행이었습니다,

　가을이 중턱에 접어들면 어린 개구쟁이들은 은행을 따느라 정신이 없습니다. 긴 장대를 이용해 나뭇가지를 툭툭 쳐보기도 하고 그도 시원치 않으면 날쌘 친구녀석이 나무 위에 올라가 가지를 세게 흔들어 댑니다.

　'후드득' 하며 은행들이 땅위로 쏟아집니다.

　땅위에 떨어진 은행을 주워 담아 개울가로 달려갑니다. 은행은 뭉툭한 껍질로 둘러 쌓여 있습니다. 은행을 둘러싸고 있는 뭉툭한 껍질은 정말 요상한 냄새를 풍깁니다.

　고사리 손으로 은행을 깐 다음 마른 나뭇가지로 불을 피워 은행을 굽기 시작합니다.

　'타닥타닥' 나무가 소리를 내며 타 들어가고 그 안에 던져 놓은 은행도 '노릿노릿' 맛있게 구워집니다. 알맞게 구워진 은행은 불에서 꺼내지자마자 개구쟁이들의 입 속으로 들어가지요.

　서울에서는 이런 맛을 볼 수가 없습니다. 은행나무에 열매는 달리지만 그것을 딸 수도 없고 나뭇가지로 불을 지펴 구워먹을 장소도 없습니다.

　하지만 노랗게 물든 은행잎들이 늦가을의 정취를 더욱 멋들어지게 하니까 그것으로 만족합니다. 수북히 쌓인 은행잎을 밟으면 사랑도 자라나겠지요?

김장

김장을 하러 시골로 내려갔습니다.

도로가 많이 밀리지는 않았지만 서울에서 늦게 출발해 시골에 도착하니 이미 어두워 졌습니다.

어머니는 이미 배추와 무를 소금에 절여 놓으시고 한참 양념준비를 하시더군요.

동동이도 팔을 걷어 부치고 마늘과 생강을 빻기 시작했습니다. 아내는 무채를 썰고 어머니는 갓, 파 등 다른 양념을 준비하십니다.

이제 두 살, 세 살이 된 두 아이는 연신 방으로 마루로 뛰어다니며 저지레를 합니다. 매운 고춧가루를 만진 손으로 눈을 비벼 징징 짜기도 하고 동동이 옆에 앉아 아빠가 하는 일을 물끄러미 쳐다보기도 합니다.

장난꾸러기 어린 녀석들은 할아버지에게 달라붙어 사탕 달라 과자 달라 연신 졸라댑니다.

김장을 담글 양념을 다 버무려 놓고 늦은 저녁을 먹고 잠자리에 들었습니다.

다음날 새벽 6시에 눈을 떴습니다. 막 어둠이 걷히고 날이 밝아오기 시작하더군요.

서울과 달리 시골은 무척 춥습니다. 12월 초순인데도 벌써 얼음이 꽁꽁 얼어 있습니다.

동동이는 어머니와 함께 소금에 절여 놓은 배추와 무를 헹궈내기 시작했습니다.

고무장갑 속에 면장갑을 꼈는데도 손이 시립니다. 아버지도 고무장갑을 끼시고 배추를 건져내십니다. 동동이네 가족은 이렇게 남자도 같이 김장을 한답니다.

아내가 추운 몸을 움츠리며 밖으로 나오자 어머니는 "에미는 아침이나 하고 애들이나 보라"며 등을 떠미십니다.

새벽의 찬 공기가 발을 꽁꽁 얼려놓고 살짝 얼어붙은 배추는 손을 더욱 시리게 합니다.

그래도 요즘에는 집집마다 수도가 있어 편안하게 김장을 할 수 있게 됐지요.

수도가 없던 옛날에는 개울물에 가서 소금에 절인 배추를 씻어 왔습니다. 아버지가 절인 배추를 지게에 담아 개울까지 날라주시고 어머니는 개울가에 쪼그리고 앉아 절인 배추를 개울물에 헹궈 냅니다.

앙상한 나무가지만이 바람을 막아주는 개울가는 얼마나 추웠는지 모릅니다.

아침을 먹고 엊저녁에 버무려 놓은 양념으로 배추 속을 넣기 시작합니다. 동동이는 양념으로 발갛게 버무려진 김장김치를 흙으로 만든 광 안의 항아리에 차곡차곡 쌓아 둡니다.

옛날에는 땅을 파서 김장김치를 묻었지요. 눈이 하얗게 쌓인 새벽에는 제일 먼저 김장독에 사람이 다닐 수 있도록 길을 만들어 놓습니다.

김장이 얼마나 깊이 묻혔는지 어린 동동이는 아무리 팔을 밀어 넣어도 손이 닿질 않았습니다.

요즘엔 김장을 사먹는 집이 많다고 합니다. 하지만 그 맛이 김장김치에 비할 순 없지요.

겨우내 땅 속에 묻어두었던 김장김치의 시원한 맛은 김치냉장고에서 꺼내오는 김치와 비교도 안 됩니다.

김장뿐만 아니라 된장이며 고추장도 사서 먹는다고 하더군요. 이러다가 된장이나 고추장 담그는 집이 아예 없어져버리는 게 아닌지 걱정이 됩니다.

세월이 흘러 갈수록 소중한 우리의 생활문화가 점점 사라져 가는 것 같아 안타깝기만 합니다. 우리네 수수한 인심과 사랑까지도 함께 사라져 가는 것 같아 더욱 슬퍼집니다.

김장이나 된장, 고추장은 단순히 음식만은 아닙니다. 그 속엔 우리 선조들의 지혜와 어머니의 따뜻한 사랑 작지만 아름다운 우리의 생활문화가 실려 있습니다.

갓 버무린 김장김치에 삶은 고기를 싸 먹던 그 맛, 처마 끝에 매달려 숙성되어 가던 메주의 깊은 냄새, 아궁이에선 불이 활활 타오르고 뜨거운 수증기를 뒤집어 쓴 채 가마솥을 휘젓던 두부 만들 때의 풍경, 고드름을 따먹던 어린 손길.

그 속에 녹아 있는 순수함과 아름다움, 가족간의 따듯한 사랑, 이웃간의 소소한 정…….

이런 아름다운 풍경들을 우리 자녀들에게도 그대로 물려주고 싶습니다. 그 안의 사랑과 함께.

땔나무

겨울을 나기 위해선 겨울준비를 해야 합니다.

겨우내 먹을 김장도 담궈야 하고 쌀을 비롯해 고구마 감자 시래기 무말랭이 등 각종 양식도 준비해 둡니다. 고구마는 솥에다 한번 쪄낸 후 햇볕에 말려 두면 맛있는 간식거리가 됩니다.

겨울을 따뜻하게 보낼 수 있도록 땔감도 준비해야지요.

시골에선 '나뭇간을 보면 그 집안을 알 수 있다'라는 말이 있습니다.

부지런하고 열심인 사람들은 겨우내 땔나무를 나뭇간에 가득 쌓아 놓습니다. 나뭇간뿐만 아니라 햇볕이 잘 드는 양지쪽에도 장작을 가득 패어 놓습니다.

추수가 모두 끝나고 한가한 늦가을이 되면 어머니와 할머니는 나무를 해오라며 성화를 대십니다.

그때부터 땔감을 준비해야 넉넉하게 준비할 수 있기 때문이죠. 부엌일을 하시는 할머니와 어머니에겐 땔나무가 무엇보다도 가장 중요한 겨울채비가 됩니다.

나무를 해오라며 성화를 대시는 것도 다 이러한 이유 때문이지요.

겨울에 땔나무가 부족하면 난방을 충분히 할 수가 없고 추운 겨울을 보내게 됩니다. 방안에 놓아두는 화롯불도 장작을 때야 불씨가 오래간답니다. 짚불은 금방 꺼지고 말지요.

동동이는 어린 동생과 함께 손수레를 끌고 나무를 하러 갑니다.

하지만 마음놓고 나무를 할 수는 없지요. 나무를 해 올 수 있는 산(동동이네 것)도 없고 천상 남의 산에 가서 몰래 나무를 해와야 합니다.

옛날엔 정부에서 벌목을 단속하고 있었습니다. 몰래 나무를 하다가 걸리면 많은 벌금을 내게 되지요.

결국 사람이 잘 다니지 않는 첩첩산중에 들어가 나무를 하게 됩니다.

적당히 굵은 참나무를 골라 톱질을 합니다. 참나무는 나무결이 일직선으로 돼 있어 장작을 만들 때도 훨씬 쉽습니다.

어린 동동이는 몇 번씩 쉬어서야 나무 하나를 쓰러뜨립니다.

어느 정도 톱질이 된 나무는 한쪽으로 기울게 되고 힘주어

밀어 버리면 '우지직'하는 소리를 내며 '쿵'하고 땅으로 넘어집니다. 그 소리는 왜 그리 또 크던 지요.

이렇게 자른 나무는 가지를 쳐내서 싣고 가기 좋게 묶어놓고 나무 밑둥도 손수레에 싣고 갈 수 있을 정도로 잘라 냅니다. 작은 손수레는 몇 둥이의 나무만 실어도 가득 찹니다. 산 속에 잘라놓은 나무를 손수레가 있는 길가까지 옮겨오는 일도 보통 일이 아닙니다.

이렇게 몇 둥이 나무를 하다보면 하루해가 후딱 지나가지요.

어스름 해가 지는 늦가을 저녁, 동동이와 어린 동생은 나무가 가득 실린 손수레를 힘겹게 밀며 집으로 향합니다.

끈으로 묶어 놓은 곁가지는 나뭇간에 쌓아 놓고 굵은 나무 밑둥은 장작을 만들기 위해 마당 한켠에 쌓아둡니다.

어둑해진 시골 동네에 하나 둘 불이 밝혀지고 어머님은 '힘들겠다'며 밥그릇에 수북히 밥을 퍼 주십니다.

시골의 초겨울은 그렇게 깊어 갑니다.

지금은 힘들게 나무를 해오지 않아도 됩니다. 성능이 좋고 편리한 보일러가 땔나무의 역할을 대신하고 있지요.

하지만 힘들게 나무를 하던 그 시절이 동동이는 더욱 좋습니다. 사람들 가슴속에 피어오르던 희망의 불꽃이 그리워집니다.

겨울사냥

살을 에이는 추위가 황량한 시골들판을 가로지릅니다. 산이나 들판에는 겨우내 내린 눈이 수북히 쌓여 있습니다. 문을 열고 보면 온통 하얀 눈이 가득합니다.

시골은 도시와는 달리 눈이 내리면 겨우내 그대로 쌓여 있습니다. 햇볕이 잘 드는 나무가지 위나 양지쪽은 어느 정도 녹아 내리지만 거의 대부분은 겨우내 하얀 눈을 그대로 뒤집어 쓰고 있지요.

찬바람이 씽씽 불고 세상이 온통 하얀 겨울엔 사냥을 다닙니다.

사냥에는 여러 가지 방법이 있습니다.

참새를 잡는 방법도 여러 가지로 나뉘어 지지요.

어린아이들이 가장 쉽게 참새를 잡을 수 있는 방법은 삼태기를 이용하는 것입니다.

삼태기를 엎어놓고 참새가 들어갈 만한 높이로 막대기를 받쳐 놓습니다. 그리고 그 안에 벼이삭을 놓아두지요. 마당에 내려앉은 참새가 벼이삭을 주워 먹기 위해 삼태기 안에 들어가면 막대기에 연결해 놓은 긴 줄을 '확' 잡아당겨 참새를 가두어 버리는 방법입니다.

하지만 이 방법은 삼태기를 계속 지켜봐야 한다는 어려움이 있지요. 이보다 조금 발전된 형태로 참새 덫을 만듭니다. 원리는 삼태기와 같지요. 다만 사람이 지키고 있다가 줄을 잡아당기는 것이 아니라 참새가 벼이삭을 쪼으면 입구에 세워 놓은 막대기가 쓰러지며 참새를 가둬버리는 좀더 진보적인 형태의 사냥기구입니다.

청년들은 새그물을 사다가 참새가 잘 날아다니는 길목에 매달아 둡니다. 주로 집 근처의 담에 매달아 놓지요. 참새 그물은 워낙 가늘어 눈에 잘 보이지 않습니다.

참새들이 날아다니다가 미처 그물을 보지 못하고 그만 발톱이 엉켜버리게 되지요.

참새그물은 설치만 해 놓으면 겨우내 이용할 수 있습니다. 그물에 잡혀버린 참새는 곧 노릇노릇하게 구워져 맛있는 요리가 되곤 하지요.

밤에도 사냥을 나갑니다. 밤 사냥은 손전등만 있으면 됩니다.

손전등을 가지고 처마 끝이나 볏짚가리 주위를 가만히 비춰 봅니다. 그러면 새들이 집을 지어 놓은 구멍이 보이지요. 밤중에 깊은 잠에 빠진 굴뚝새는 사람이 다가가도 전혀 알아차리질 못합니다. 불빛이 집안을 비추고 나서야 위험을 느낍니다.

하지만 그때는 이미 늦었습니다. 사다리를 타고 올라온 아이의 손이 이미 새집으로 쑥 들어가고 있을 때니까요.

시골아이들의 겨울은 이렇게 신나는 사냥과 함께 깊어갑니다.

겨울사냥의 재미를 다시 한 번 느껴보고 싶습니다.

군고구마

추운 겨울이면 따끈한 군고구마가 생각납니다.

동동이가 살던 시골에서도 군고구마는 아주 맛난 먹거리였습니다.

밭에서 캔 고구마를 퉁가리를 만들어 안방 윗목에 저장을 합니다. 요즘이야 시골도 다들 보일러로 난방을 하지만 옛날에는 아궁이에 불을 지펴 난방을 했습니다.

겨울이 되기 전에 겨우내 쓸 땔감을 나뭇간에 잔뜩 쌓아 놓지요. 그리곤 아침, 저녁으로 불을 지핍니다. 밥도 불을 때서 하고 쇠죽도 불을 때서 끓이고 물을 데우기도 하지요.

아궁이에서 제 역할을 다 한 불씨들은 화로에 담아져 방으로 들여 놉니다. 따끈따끈한 화로의 불씨는 하루종일 방안을 따뜻하게 해 줍니다.

화로 위에는 항상 된장찌개가 올려져 있죠. 학교에서 돌아온 동동이는 화로에 올려져 있는 따끈한 된장찌개로 밥 한 그릇을 뚝딱 해치웁니다.

퉁가리 속에 담겨져 있는 고구마도 화로 속에서 구워집니다. 불씨 속에 고구마를 넣고 약 20분 정도가 지나면 알맞게 구워진 군고구마가 됩니다. 살얼음이 얼어 있는 동치미와 함께 먹는 군고구마 맛은 말로 표현할 수 없을 정도로 맛이 있었죠. 군고구마의 노란 속살을 한입 베어 물면 입안 가득 군고구마의 맛과 향기가 퍼집니다.

화로에 구워먹는 군밤도 고소한 게 맛이 그만이죠.

겨울에는 이렇게 화로를 둘러싸고 온 가족이 둘러앉아 고구마나 밤을 구워 먹으며 이야기꽃을 피웠습니다. 화로는 단순한 난방기구가 아니라 가족간의 정을 쌓아주는 매개체가 되었던 겁니다.

요즘에도 이런 먹거리가 있다면 가족간의 대화도 많아지고 사랑도 더욱 깊어질 텐데 하는 아쉬움이 쌓입니다.

썰매타기

 서울의 겨울은 도통 겨울임을 실감할 수 없습니다. 최근 들어서는 더욱 그렇죠.

동동이가 살던 시골은 무척 추웠습니다. 그때는 시골뿐만 아니라 서울도 추웠었죠. TV에서 나오는 9시 뉴스에 한강 물이 꽁꽁 얼어붙었다는 뉴스가 심심찮게 나왔습니다.

바람막이 하나 없는 시골의 겨울은 더욱 추웠습니다. 영하 10도는 아무 것도 아니지요. 하지만 그처럼 추운 겨울날씨에도 불구하고 아이들은 감기한번 걸리지 않았답니다. 추위도 모른 채 밖에서 뛰어 놀기에 정신이 없었죠.

겨울이 되면 동네 어른들은 가까운 논에 물을 가득 받아 놓습니다. 아이들이 겨우내 뛰어 놀 수 있는 얼음판을 만들기 위해서죠.

동동이를 비롯한 시골 아이들은 어서 빨리 추워져 얼음이 꽁꽁 얼기를 기다리지요.

겨울방학이 시작되고 얼음이 꽁꽁 얼어붙으면 아이들은 각자 썰매를 하나씩 짊어지고 썰매장으로 모입니다. 아이들이 갖고 있는 썰매는 모두 집에서 만든 것입니다. 널찍한 송판에다 나무를 깎아 발을 달고 거기에 두꺼운 철사로 날을 만들지요. 꼬챙이도 대못을 박아 만듭니다. 썰매의 크기도 가지각색이고 모양도 저마다 틀립니다.

이렇게 만든 썰매를 가지고 나와 하루종일 얼음을 지칩니다. 이쪽에서 저쪽까지 달리기를 하기도 하고 신나게 달리다가 갑자기 방향을 틀기도 하고 360도 회전 묘기를 펼치기도 합니다. 개구쟁이 녀석들은 얼음판에 흙을 뿌려 썰매가 씽씽 달리는 것을 방해하기도 하고 어떤 녀석들은 신발에 날렵한 대나무를 묶어 스키처럼 타고 다니기도 합니다.

꽁꽁 얼어붙어 있는 얼음판 한가운데를 커다란 돌을 이용해 여러 번 내려칩니다. 그러면 돌멩이로 내려 친 곳의 얼음판은 다른 곳에 비해 얼음이 얇아지게 되고 썰매를 타고 지나가면 얼음판이 밑으로 쑥 들어갔다 튀어 올라오죠. 그곳을 달리는 기분은 짜릿한 스릴 감을 맛보게 합니다.

썰매를 타다가 지치면 동글동글한 솔방울을 따다가 얼음판 위에서 공을 찹니다. 미끄러운 얼음판에서의 공놀이는 정말 재미있고 신이 납니다. 몸이 마음대로 움직이질 않아 쭉쭉 미끄러지고 공도 마음먹은 대로 움직이질 않습니다. 공을

찬다기보다는 얼음판을 뛰어 다니는 재미가 더 좋았지요. 어떨 땐 끝이 휘어진 나뭇가지를 꺾어 아이스 하키를 하기도 합니다.

아버지가 손수 뾰족하게 만들어준 팽이는 쓰러질 줄 모르고 '핑핑'잘도 돌아갑니다. 나무에 매달이 놓은 헝겊으로 힘을 실어주면 쓰러져 가던 팽이도 씽씽하게 다시 일어서지요.

끼니도 거른 채 배가 고픈 줄도 모르고 이렇게 하루종일 뛰어 다니다 보면 짧은 겨울 해는 어느새 서산으로 뉘엿뉘엿 넘어가고 있습니다.

점심도 거른 아이들이 걱정인 어머니는 아궁이에 잔솔가지를 지펴 모락모락 김이 나는 밥을 해놓고 얼음판으로 아이들을 부르러 옵니다.

하루종일 희희낙락 거리 던 아이들이 내일을 약속하며 하나 둘 집으로 돌아가고 집집마다 솟아 있는 굴뚝엔 온돌방을 따뜻하게 데우고 나온 연기가 하늘로 꿈의 나래를 펼칩니다.

요즘 아이들은 겨울 놀이의 이런 재미를 모르고 자랍니다. 옛날엔 놀이거리도 많았지요.

연날리기, 팽이치기, 쥐불놀이, 썰매타기, 얼음 배 타기…
몸도 마음도 건강해지는 이런 놀이를 우리 자녀들에게 가르쳐 주고 싶습니다.

겨울 새벽의 참새 사냥

 "엉아 빨리 나와봐"

새벽에 일어나면 화장실부터 다녀오는 동생이 아직 잠이 깨지 않은 동동이를 급하게 깨웁니다.

"왜 그래?"

짜증석인 목소리로 물어 봅니다.

"빨리 나와 보라니까!"

어지간해서는 호들갑을 떨지 않는 녀석이기에 무슨 일이 있는가 싶어 밖으로 나갔습니다.

한겨울 새벽녘의 시골은 정말 춥습니다. 나무도 땅도 모두 얼어버린 듯 합니다.

신발을 신으며 재차 물어 봅니다.

"왜 그렇게 난리야?"

"참새 잡아야 돼"

이게 무슨 봉창 두드리는 소리입니까. 새벽부터 참새를 잡아야 된다니요? 기껏 단잠을 깨워놓고 하는 말이 고작 참새 잡아야 한다니. 기가 막혔죠.

"무슨 참새를 잡어"

"이리 와 봐"

동생은 동동이를 데리고 비닐 하우스로 갑니다.

마당 한켠에 만들어 놓은 비닐 하우스에는 참새들이 수십 마리도 넘게 들어가 있습니다.

화장실을 갔다오던 동생이 비닐 하우스에 참새가 들어가 있는 것을 보고 잽싸게 출구를 막아버린 다음 동동이를 부른 것입니다.

벼를 탈곡할 때 잘게 부서진 짚더미와 함께 낟알이 나오게 됩니다. 이때 나온 낟알을 비닐 하우스 안에 저장해 두었죠.

봄이 되면 바람개비를 이용해 짚 부스러기는 날려보내고 낟알은 따로 모아 두었다가 방아를 쪄 떡 같은걸 해 먹게 됩니다. 행여 낟알이 얼을 세라 저녁에는 비닐 하우스 출구를 닫아둡니다. 하지만 엊저녁에는 아버지가 비닐 하우스 출구를 닫는걸 깜빡 하신 모양입니다. 새벽에 일어난 참새들이 수북히 쌓인 낟알을 보고 모여들게 된 것이지요.

동동이와 동생은 비닐 하우스 안으로 들어가 참새를 잡기 시작했습니다. 비록 출구가 막혔다고는 하지만 참새들은 여간 날랜 게 아니었습니다. 어린아이들의 손에 잡힐 수준이 아니었지요.

한참을 이리 저리 뛰며 참새를 쫓고 있는 동안 밖에 나가셨던 아버지도 어느새 돌아와 같이 참새를 쫓고 부엌에 계시던 어머니와 부산한 소리에 눈을 뜬 누나도 함께 참새를 쫓습니다.

온 집안이 때아닌 참새사냥에 나선 것이지요.

어머니는 부엌을 청소하는 널쩍한 빗자루로 날아가는 참새를 쫓고 아버지는 삼태기를 이용해 참새를 쫓습니다. 마루에 널어 주었던 이불홑청도 사냥 도구로 이용됩니다.

좁은 비닐 하우스 안에 다섯 명의 사람들이 모여 참새를 쫓게 되니 그 날랜 참새들도 어쩔 수 없는 모양입니다. 이 사람을 피해 날아가면 또 다른 사람이 있고 빗자루를 피하면 삼태기가 기다리고 있으니까요.

그렇게 한시간 이상을 씨름하면서 비닐 하우스 안에 있는 참새들을 모두 잡았습니다. 비록 중간에 도망간 녀석이 있기는 하지만요.

한참 땀을 흘리고 나니 밥맛도 무척 좋았습니다.

물론 그날 점심에는 맛있는 참새구이를 실컷 먹을 수 있었죠.

눈썰매

무료로 이용할 수 있는 눈썰매장 티켓이 생겨 아랫집 가족과 함께 에버랜드에 다녀왔습니다. 오랜만에 나서는 가족 나들이라 아이들은 물론 아내도 무척 신이 났습니다.

널찍한 경사로에 만들어 놓은 눈썰매장에는 가족이나 연인들로 만원이었습니다. 눈썰매를 한번 타고 내려와 다시 올라가 또 다시 타고 내려오기까지 줄을 서서 기다려야 했습니다. 그렇게 많은 사람들 속에서도 사람들은 저마다 즐거움이 가득찬 표정들이었습니다.

서울의 회색 감옥에 갇혀 있다가 오랜만에 맛보는 자연이 사람들을 즐겁게 해 줍니다.

아이들과 함께 눈썰매를 타며 신나게 달리다 보니 옛날 시골에서 타고 놀던 눈썰매가 생각납니다.

하얀 눈이 수북히 쌓이면 개구쟁이 어린 녀석들은 비료 포대에 짚을 넣어 만든 눈썰매를 가지고 하나둘 모여들기 시작합니다. 지금의 플라스틱 눈썰매보다 만들기가 쉽고 속도도 빨랐답니다.

10살 정도의 어린아이들이 모이는 곳은 마을을 가로지르고 있는 큰길의 고갯마루입니다. 평소에는 사람들이 많이 다니는 곳이지만 눈만 쌓이면 아이들의 썰매장이 되고 맙니다. 소복이 쌓였던 눈은 아이들의 썰매타기로 매끈하게 다듬어져 훌륭한 눈썰매장이 됩니다.

고갯마루까지 힘겹게 올라온 아이들은 비료포대에 올라타고 신나게 눈썰매를 탑니다. 가속이 붙은 썰매는 바람을 가르며 '씽'하고 달려가고 평지에 도달해서도 한참을 달려갑니다.

고갯길 중간에서 내려가는 썰매와 올라가는 꼬마들이 부딪혀 넘어지기도 하고 그 사이를 피해 또 다른 눈썰매가 달려갑니다. 대처에 외출이라도 나가는 동네 어른들은 고갯길을 온통 빙판으로 만들어 놓는 꼬마들이 얄밉기만 합니다. 하지만 누구 하나 꼬마들의 즐거운 썰매타기를 나무라지는 않습니다. 그저 길가로 조심스레 언덕을 오를 뿐입니다.

시골 마을이라 자동차가 거의 다니지는 않지만 그래도 아주 가끔은 자동차가 다닐 때가 있습니다. 다 낡아빠진 고물 자동차는 처음에는 미끄러운 고갯길을 올라가지 못해 몇 번

이고 뒷걸음질을 칩니다. 아이들의 눈썰매로 빙판이 된 언덕
길은 체인을 감은 바퀴도 힘을 못 씁니다. 자동차는 이렇게
한참을 고갯길과 씨름을 하고 그 사이 빙판이 되었던 고갯
길은 체인자국으로 서서히 폐허가 되어 갑니다. 연탄재나 짚
등을 고갯길에 잔뜩 깔아 놓고서야 고물 자동차는 힘겹게
언덕을 오릅니다. 그런 날이면 고갯길은 더 이상 아이들의
놀이터가 되질 못합니다.

10살이 넘은 아이들은 산자락이 흘러내리는 곳에 썰매장을
만듭니다.

매우 좁고 가파른 길이 이어져 있는 산자락의 눈썰매장은
속도감과 흥분감 그리고 약간의 공포감을 동시에 안겨 줘 더
할 나위 썰매장이 됩니다.

70미터 정도의 길이에 급경사로 이루어져 있는 산자락의
눈썰매장은 매우 좁고 협소해 한 사람만이 간신히 눈썰매를
탈 수 있습니다.

급경사인데다가 굴곡도 심하고 커브도 심해 짜릿한 희열을
맛볼 수 있습니다. 마치 동계올림픽 봅슬레이 경기를 하는
듯한 느낌입니다.

굴곡도 심하고 경사도 심한 만큼 눈썰매를 타다가 간혹 다
치는 아이들도 있습니다. 커브를 제때 틀지 못해 나무덩굴에
몸을 긁히기도 하고 심한 타박상을 입기도 합니다.

이런 위험요소 때문에 어른들은 이곳에서 썰매를 타지 못
하게 합니다. 하지만 개구쟁이 녀석들은 어른들의 눈을 피해

어김없이 눈썰매를 즐기지요.

시골에서 즐기던 눈썰매장이 이젠 규모가 커져 도심으로 옮겨왔습니다. 겨울이면 곳곳에 눈썰매장이 개장하고 사람들은 어린 시절의 추억들을 하나씩 가슴에 안은 채 눈썰매장으로 향합니다. 자녀들에게도 어린 시절 자신이 뛰어 놀았던 눈썰매장의 기억이 전해지길 바라면서요.

하지만 도심 속에 옮겨져 온 눈썰매장이 옛날 시골 마을의 짜릿한 흥분과 순수함, 깨끗함까지 안겨 주지는 못합니다.

도심 속의 눈썰매장이 오랜만의 가족 나들이로 각광을 받고는 있지만 시골마을의 이웃 사랑까지 전해주지는 못합니다.

동동이는 오늘도 시골마을의 순수함과 넉넉한 사랑, 욕심 없는 마을 풍경을 그려봅니다.

눈 내린 아침

 흰눈이 보슬보슬 내려옵니다. 고향에서 낯익은 새하
얀 눈이~~~~

어릴 때 부르던 동요를 가만히 불러 봅니다.

눈 내린 시골 마을이 영화 속 한 장면처럼 떠오릅니다.

야트막한 뒷산에 하얀 눈이 소복이 쌓이고 초가지붕도 흰
눈을 덮어쓰고 있습니다.

마을을 가로지르는 길가 위에도 하얀 눈이 쌓여 있고 양
옆의 논들도 하얀 눈으로 덮여 있습니다. 세상 가득 하얀 눈
이 내렸습니다. 사방을 둘러봐도 하얀 눈뿐입니다.

눈은 땅의 경계선도 없애 버렸습니다. 눈길을 따라 한참
을 걷다보면 어디가 길이고 어디가 논인지 구분이 가질 않
습니다.

그 길 끝에 놓여 있는 초등학교의 운동장도 온통 하얀 눈 투성이입니다. 아무도 걷지 않은 눈길을 걸어갑니다.

'사락사락' 기분 좋은 소리가 발자국을 뒤따라옵니다. 겨울 나무도 눈을 이고 서 있습니다.

잠시 그쳤던 눈이 이내 다시 함박눈이 되어 내립니다.

하늘은 온통 하얀 눈송이로 펄럭이고 그 사이로 멀리 자그 만 시골 동네가 보입니다.

땅위에 떨어지는 눈은 이내 새로운 세상을 만들고 발자국 도 자전거 바퀴 자국도 모두 지워 버립니다. 다리에 머물러 개울위로 떨어지는 눈을 한없이 바라봅니다.

물위에 떨어지는 눈은 금방 녹아 없어집니다. 그런데도 하 늘에서는 끊임없이 하얀 눈이 내려옵니다.

난간 위에 소복이 쌓인 흰눈을 한 움큼 집어들어 입안에 넣습니다. 깨끗하고 시원한 맛이 입안으로 퍼집니다. 초가지붕이 옹기종기 모여 있는 시골 마을엔 간간이 굴뚝위 로 연기만 솟아오를 뿐 사람의 그림자라곤 찾아 볼 수 없습 니다.

모두들 따뜻한 방안에 모여 앉아 구수한 이야기를 나누는 모양입니다. 하지만 눈이 그치고 나면 장난꾸러기 녀석들로 눈으로 뒤덮인 하얀 세상은 시끌벅적할 것입니다.

눈사람도 만들고 눈싸움도 하고 비료 포대로 썰매를 만들 어 씽씽 달리기도 할 것입니다.

동동이는 온통 하얀 눈을 맞으며 '사락사락' 눈길을 걸어

집으로 돌아옵니다.

꿈과 사랑을 가득 안고 말입니다.

이제 마흔이 다된 동동이가 서울 신림동 뒷산을 가만히 바라봅니다.

동동이가 살고 있는 신림동 집은 산 바로 아래 있습니다.

거실 창문을 열고 밖을 바라보면 시골의 뒷산처럼 야트막한 산이 그곳에 있습니다. 그 곳에 내리는 눈은 시골의 눈과 조금도 다를 게 없습니다.

그곳을 바라보고 있으면 어느새 어릴 적 동동이가 뛰어 놀던 시골 마을로 가 있습니다.

그 시절의 아름답고 순수한 마음이 벌써 장년기에 들어선 동동이의 가슴에 잔잔한 파문을 몰고 옵니다. 이젠 다시 돌아 갈 수 없는 아름다웠던 시절. 하얀 눈 속에 뛰어 놀던 그 풍경들.

다시 한번 그 시절로 그때 그 풍경으로 돌아갈 수 있다면 얼마나 좋을까요?

시골로 떠나는 소풍

2001 5월 15일 초판 발행

지은이 / 이 동 우

펴낸이 / 전 의 식

펴낸곳 / **다인미디어**

　　　　서울 종로구 운니동 65-1 월드오피스텔 603호

전 화 / (02)742-9183

팩 스 / (02)743-7615

e-mail / dynemedia@hanmail.net

등 록 / 제1-2233호(1997년 10월 10일)

정 가 / 7,000원

ISBN 89-87957-32-2